小學文言文解讀策略

中階篇

梁美玉　著

新雅文化事業有限公司
www.sunya.com.hk

讓文言文學習變得有趣、好玩

「一說起文言文就感到害怕……」為什麼害怕？因為看來太陌生、難懂，像外星人的語言。

要是有個翻譯文言文的隨身翻譯器，那該多好啊！

好，我們就一起發明一個「內置式文言翻譯器」吧！動手發明前，我們先想想，為什麼要學文言？

學習文言文是通往古代文化菁華的橋樑，這座橋樑引領我們欣賞古代作家的生花妙筆和真知灼見，如孟子的巧用譬喻、李白的奇思妙想、司馬遷的刻畫入微等。通過這座橋樑，可讓我們了解古代的社會風貌，包括風俗節慶、自然風光等，猶如一次次穿越古今的時空之旅，大大拓寬了我們的文化視野；古人的情操也薰陶了我們的品德，如《曾子殺豬》以身作則的教子方法、《二子學弈》專心致志的重要、《白雪紛紛》熱愛自然的雋永對談等。

了解到學習文言文的益處後，該如何入手呢？

《小學文言文解讀策略》這一套四冊的小書希望能為初接觸文言文的學生提供入門裝置——閱讀文言文的七個法寶，書中的三位主角帶着這七個法寶執行五十個解讀古文的任務，使大家掌握解讀文言文的基本方法。書中雖附有各篇古文的白話語譯，但希望大家先不要依賴譯文，嘗試跟隨三位主角的步伐，循序漸進地使用七個法寶，煉成一個「內置式文言翻譯器」。

　　這五十個任務來自香港教育局課程發展處選編、建議小學生閱讀的文言篇目，這些值得細味的文言作品在這套小書中按深淺程度和主題內容重新編排成不同章節，每個章節後設有小總結，從內容、文言知識和品德學習三方面鞏固所學。每一冊的最後設有「我的感想」，讓讀者記下完成古文任務後的感想和心得。閱讀是一個值得與人分享的活動，讀者可以和你們的同學、朋友、老師和家長說說古人的有趣故事、由任務引發出來的無窮想像和個人見解，並向他們介紹學習古文的心得。

　　好了，任務要開始了！衷心希望讀者們順利完成這五十個任務後，帶着「內置式文言翻譯器」繼續探索古文世界，使自己學問和思想都收穫豐碩。

梁美玉

授人以魚不如授人以漁

「古文等於沉悶」是普遍人的固有思維，梁美玉女士敢於接受挑戰，推廣古文，實在令我欽佩，她又是敝校的畢業生，這更令我引以為傲！

作為一位教育工作者，我深明推廣古代漢語的困難，實在是舉步維艱，深信此書能承先啟後，成為普及讀物，令學生越來越喜歡古文。

一本普及讀物必須具備以下三個條件：趣味性、知識性及實用性。

《小學文言文解讀策略》系列，作者以「趣味」入手，引起讀者學習的興趣。作者以故事的形式介紹古文，讀者和主角——文文、言言及古生物趣趣博士一起，利用書中的法寶（文言翻譯七式），完成一個個任務，趣味盎然。

《小學文言文解讀策略》系列亦極具知識性，作者所收錄的古文，跨越千古，由先秦諸子到明清古文，篇章內容包括作者介紹、文章譯文、文言常識及內容反思等。

學習古文的難點是現代人難以明白古代漢語，授人以魚不如授人以漁，作者在本書介紹了七種翻譯古文的法寶，讀者可以學以致用，去詮譯不同篇章。

《小學文言文解讀策略》系列適合不同年級的學生。其故事性適合初小學生作入門讀物，高小學生及中學生可以應用文言法寶，解讀艱澀的文章。古籍承載祖國文化，提升個人的修養內涵，我誠意推介這套兼具趣味性、知識性及實用性的作品！

中華傳道會許大同學校　**王少超校長**

日常用語裏文言蹤影處處

我出身草根，幼時長輩動不動便發惡言，讀小學後才知道叔父那句是「不知所謂」；讀大學後才知母親那句是「縱慣滋勢」；驚覺在下原來自幼沉浸於華夏文化，在文言氛圍中長大。

《左傳・宣公十二年》及《史記・留侯世家》分別有「桓子不知所為」、「呂后恐，不知所為」句，本意是不知怎麼做才好，化成「不知所謂」，是指對方所說的話或做的事敷衍塞責、意義不明，跡近無聊荒謬、怪誕騎呢，不能達成一角色或一部門或其上層，應達成目標、應發揮職效。

「縱慣滋勢」雖不是成語卻易解，今日亦說「畀人縱慣」。縱慣文言作「慣縱」，元・白樸《梧桐雨・第二折》：「慣縱的個無徒祿山，沒揣的撞過潼關」，指嬌寵、縱容。「滋勢」是滋長勢力，造成安史之亂。

五四新文化運動後，香港是保留文言文閱讀以至日常應用的重鎮，我一代中文中學生，篇篇文言文要全篇背默，不合格要留堂補默，但我班多年未留一人。當時又有周記要交，為了短寫快辦，開始滲入文言句。有一回剛學完柳宗元《遊黃溪記》，全篇用文言仿作《遊老龍石澗記》鬧着玩，未見老師動怒，便保留此種遊戲心態至今。其實自知讀寫文言文能力完全未及水平，譯解時常出錯，只靠翻查網料充撐。如果當年有梁美玉小姐《小學文言文解讀策略》一書，幫我對精選短文進行實地考察、全面解讀，學好文言要識，與同學邊喝邊聊，堅持反思學習，在下便更可自倘徉於美妙的文言世界中了。

資深中文科主任 **彭玉文老師**

角色介紹

趣趣

　　一隻聰穎、健談的古生物。牠的祖先是侏羅紀晚期的彩虹龍屬近鳥類恐龍，化石發現於中國河北省東部，屬於近鳥龍科。有一位科學家把化石重新孵化，結果這種生物得以在地球重生。由於祖輩和中國有深厚的淵源，趣趣熱愛中華文化。

文文

小學五年級學生，在學校擔任中華文化大使。性格活潑開朗，愛開玩笑，喜歡天馬行空的幻想，平日喜愛寫作，希望長大後成為網絡小說家。

言言

小學五年級學生，在學校擔任中華文化大使。談吐溫文，喜愛思考，愛玩動腦筋的遊戲，如圍棋、象棋等。

故事引入

一天，科學家交給趣趣一個破解 **50 篇文言文**的任務，並給牠時光機器和各式法寶，讓牠開展探索之旅。

趣趣在地圖上看到「**彩虹邨**」三字，靈機一動，估計在那裏可以找到同類（彩虹龍屬的後代）幫忙。

乘着時光機器，牠在彩虹邨降落，走進了邨內一所小學，牠結識了正在做「齊學文言文」壁報的學生——文文和言言。三人一見如故，成為了志同道合的好朋友。

為了幫助趣趣完成科學家交給牠的任務，三人定下了「**每周之約**」——每星期聚會一次，運用時光機器及各式法寶，結伴同遊古文世界！

上次初階篇的十二個任務真好玩！

快登上時光機器吧！有十三個新任務等着我們去破解。我們出發了！

古文世界真的令人流連忘返！

法寶介紹

趣趣身上有七件幫助解讀文言文的法寶,各有用途!一起來看看吧!

法寶名稱:**保留噴霧**

功用:一噴就能保留古代的人名、地名等,以及與現代意義相同的詞語。

法寶名稱:**擴詞器**

功用:古代以單音詞為主,它把單音詞擴展為雙音詞,使我們更易明白。

法寶名稱:**替換槍**

功用:對準文言文發射,即把古代特定用法的字詞變成意思相等的現代用詞。

法寶名稱:**音義魔箭**

功用:能針對一字多音的現象,一箭選出準確的意義。

法寶名稱：**增補黏土**

功用：自動找出省略了的句子成分，給予填補，使句意易於理解。

法寶名稱：**刪減斧**

功用：自動刪除句子中不需要翻譯的部分，使我們解讀時更輕鬆。

法寶名稱：**調整尺**

功用：重組文言文中語序和現代不同的句子，使我們解讀時更準確。

這些法寶真令人大開眼界！

有了它們傍身，閱讀文言文就更輕鬆了！

目錄

第四章 古人的生活

第一章
古代心理學

實地考察

趣趣博士、言言，請你們吃點糖果吧！
多吃一些，不用客氣啊！

文文，謝謝啊！你這個糖果罐很漂亮呢！

咦，想起來，你好像不喜歡吃薄荷糖？
怎麼你會買這罐糖？

我不太喜歡薄荷糖，嘻嘻，可是這糖果罐
上印着的是我心愛的卡通人物啊！

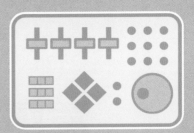

我明白了，怪不得我們這麼有口福。這令我想起今次的古文破解任務！

古人也喜歡儲糖果罐？還是也喜歡可愛的卡通？

不對呀！古代哪來這些卡通呢？現在我們來到戰國時期了，這裏好像是鄭國。

待會你們就知道，大家準備出發吧！保留噴霧、替換槍和擴詞器的用法大家沒有忘記吧？這次我還帶備了新法寶——增補黏土！

買櫝①還珠

韓非子

楚人有賣其珠於鄭者，為木蘭之櫃②，薰③以桂椒④，綴以珠玉，飾以玫瑰，輯⑤以羽翠⑥，鄭人買其櫝而還其珠。此可謂善賣櫝矣，未可謂善鬻⑦珠也。

解讀提示

🧰 **保留噴霧**：賣，翻譯時保留此詞。

📖 **一字多音**：為（詳見第 21 頁）

🧰 **增補黏土**：「薰」字後面補上省略了的賓語「匣子」。

🧰 **擴詞器**：「綴」擴展為「點綴」。

🧰 **替換槍**：「玫瑰」是「紅色的玉石」的意思。

📖 **一詞多義**：善（詳見第 22 頁）

注釋 ✏️

① **櫝**：匣子。「櫝」 〔粵〕讀 〔普〕dú

② **木蘭之櫃**：櫃，當為「櫝」字。全句指用木蘭這種香木造的小匣。

③ **薰**：同「燻」，指香料的氣味接觸物品，使之沾上香氣。

④ **桂椒**：肉桂和花椒這兩種香料。

⑤ **輯**：點綴、裝飾。

⑥ **羽翠**：當為「翡翠」，即綠色的玉石。

⑦ **鬻**：賣。「鬻」 〔粵〕育 〔普〕yù

全面解讀

買櫝還珠　　　韓非子

　　楚國有個珠寶商人到鄭國去賣珠寶，他用名貴的木蘭製作了一個小匣，用肉桂和花椒把這個匣子薰得芳香襲人，用珠寶玉石來點綴，用紅色的玉石作裝飾，用綠色的寶石來點綴。有個鄭國人買了那個匣子，卻把裏面的珠子還給了他。這可以説，這個珠寶商人很善於賣匣子，但不善於賣珠寶啊。

這個寓言故事辛辣地諷刺了那些做事不分主次、本末倒置的人。

這節文字比喻貼切，語言簡潔生動。充分表現出韓非子的散文辭鋒銳利的特色。

文言要識 ♥

📖 一字多音：為

　　一字多音是指一個字具有兩個或以上讀音，通常用以表示不同的詞性或意思。

　　「為」是個多音字，不同的讀音代表不同的詞性和意思，包括：

	字音	詞性	意思
為	粵 維 普 wéi	動詞	1. 做、製作 2. 成為、變成 3. 是
	粵 惠 普 wèi	介詞	1. 給、替 2. 因為、為了

　　《買櫝還珠》一文中的「楚人有賣其珠於鄭者，為木蘭之櫃」，「為」（粵 維　普 wéi）是「製作」的意思，指珠寶商人用名貴的木蘭製作了一個小匣。

> 閱讀文言文時，留意多音字可以幫助我們辨別字音和意思，解讀得更準確！

📖 一詞多義：善

「善」在文言文裏是個常用詞，身兼多種意思：

	詞性	意義
善	形容詞	好、善良
	動詞	1. 善於、擅長 2. 親善、友好

看看《買櫝還珠》裏面，「善」的用法：

> 此可謂善賣櫝矣，未可謂善鬻珠也。

句中的「善」是「善於、擅長」的意思。文中指珠寶商人善於賣匣子，卻不善於賣珠寶。

我善於作詩！

我待人和善！

邊喝邊聊

🐦 古代商人地位崇高？

趣趣博士，戰國時期人們已對珠寶有興趣，珠寶商人一定賺大錢，在社會上有名譽、有地位吧？

在古代，商人雖然靠買賣賺取豐厚的利潤，但社會地位不算高。在「士、農、工、商」的排名制度中，商人排在最末，這大概是因為中國歷來以農立國，而商人是靠低買高賣賺錢，給人不事生產的印象，韓非子在著作《五蠹》中，更將商人比作社會的蛀蟲。

由於社會地位不高，商人的生活受到不同的限制，例如漢代重農抑商，規定商人不可以騎馬和擔任官員；唐代則不許商人的子女參加科舉。

反思學習 ??

1. 你會因為商品的包裝精美而把它買下來嗎？為什麼？

2. 你在選購衣物時，會因為衣服款式新穎而購買嗎？你會怎樣選擇合適的衣服呢？

3. 如果我們只顧購買精美的紙筆，做功課卻馬虎草率，你認為這樣和故事中的鄭國人有什麼相似之處？

4. 成為一個外表和內涵都能兼顧的好學生，應該怎麼做？

實地考察

趣趣博士，有人說我們的體育老師偏袒部分班別，在班際比賽中給他們較高分數，你相信嗎？

你們體育老師平日做事很公允啊！應該不會吧？

我也這麼想，但是我班和鄰班的同學都這樣說。

原來如此！這真像成語故事「三人成虎」所說的那樣！

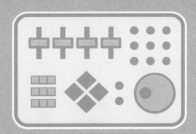

三人成虎？三個人加在一起就變成了老虎？

這個成語不是說三個人合起來變成了老虎，而是三個人都說看到老虎出沒！

這麼恐怖！可惜古代沒有照相機，要不然「有圖就有真相」！

破解《三人成虎》是這個星期的任務，我們來到了戰國時期。我們拿着法寶過去，有了**保留噴霧**、**替換槍**、**擴詞器**和**增補黏土**，很快就會水落石出了！

三人成虎

《戰國策》

龐葱與太子質①於邯鄲②。謂魏王曰：「今一人言市③有虎，王信之乎？」王曰：「否。」「二人言市有虎，王信之乎？」王曰：「寡人④疑之矣。」「三人言市有虎，王信之乎？」王曰：「寡人信之矣。」龐葱曰：「夫⑤市之無虎明⑥矣，然而三人言而成虎。今邯鄲去大梁⑦也遠於市，而議臣者過於三人矣，

解讀提示

📦 **保留噴霧**：龐葱、邯鄲，翻譯時保留這些詞語。

📖 **一詞多義**：質（詳見第 30 頁）

📦 **增補黏土**：「謂」字前面補上省略了的主語「龐葱」。

📦 **替換槍**：
- 「曰」、「言」即「說」。
- 「之」是代詞，指墟市上有虎這件事。

📖 **語氣詞**：乎（詳見第 31 頁）

📦 **擴詞器**：「疑」擴展為「懷疑」。

📖 **一字多音**：夫（詳見第 32 頁）

📦 **替換槍**：「去」換成「距離」。

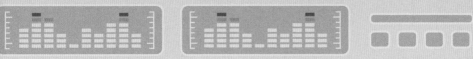

願王察⑧之也！」王曰：「寡人自為知⑨。」於是辭行⑩，而讒言⑪先至。

後太子罷質⑫，果不得見⑬。

解讀提示

🗝 **保留噴霧**：大梁，翻譯時保留此詞。

🗝 **擴詞器**：「議」擴展為「議論」。

注釋 ✏️

① **質**：人質，以太子作人質是戰國時代國與國之間的外交慣例。
  「質」 ⑧ 置 ⑧ zhì
② **邯鄲**：趙國的都城，在今河北省。「邯鄲」 ⑧ 韓丹 ⑧ hán dān
③ **市**：墟市，後世引申為城市。
④ **寡人**：古代國君的自稱。
⑤ **夫**：語氣詞，用於句首。「夫」 ⑧ 符 ⑧ fú
⑥ **明**：明擺着的，明明白白的。
⑦ **大梁**：魏國國都，在今河南省。
⑧ **察**：辨別是非。
⑨ **自為知**：自己會了解，表示不會輕信人言。
⑩ **辭行**：遠行前向別人告別。
⑪ **讒言**：中傷別人的話。「讒」 ⑧ 蠶 ⑧ chán
⑫ **罷質**：即充當人質的期限結束。
⑬ **見**：作使動動詞，指龐蔥最終得不到魏王召見。

全面解讀

三人成虎　　《戰國策》

　　魏國大臣龐蔥要陪魏太子到趙國的都城邯鄲做人質。臨行前，龐蔥對魏王說：「現在有一個人來說墟市上有老虎，大王相信這種說法嗎？」魏王說：「我不相信。」龐蔥說：「有兩個人說墟市上有老虎，大王相信這種說法嗎？」魏王說：

「我有點懷疑了。」龐葱又説:「三個人説墟市上出現了老虎,大王相信這種説法嗎?」魏王道:「我相信了。」龐葱就説:「墟市上不可能有老虎是明擺着的(事實),但是有三個人説有老虎,就變成真的有老虎了。現在趙國國都邯鄲距離魏國國都大梁,比這裏距離墟市遠得多,而且議論我的人也一定超過三個人,希望大王能辨別那些人的話的真假。」魏王説:「我自己會了解。」龐葱走了,之後詆譭他的話就來了。

後來魏太子充當人質期滿回國,龐葱最終得不到魏王召見。

故事告訴我們**即使漏洞百出的謊話,一旦多次重複,就會有人相信。**

對啊,我們一定要懂得獨立思考,不能因為傳説的人多就信以為真。這故事本來是諷刺魏惠王的無知,但後世人引申這故事成為**成語「三人成虎」,比喻謠言掩蓋真相的情況。**

📖 一詞多義：質

「質」在文言文裏身兼多種意思，以下是幾種常見的意思：

	詞性	意思
質	名詞	1. 質地 2. 人質、抵押品
	動詞	作人質、作抵押品
	形容詞	樸素、質樸

看看《三人成虎》一文中「質」的用法：

> 龐蔥與太子質於邯鄲。

這一句的「質」意思是把人作為抵押品，這是戰國時代國與國之間的外交慣例。在「人質」一詞中，「質」在粵語裏讀「置」，普通話讀 zhì。

假如我是太子，我可以到地大物博、民風質樸的地方做人質嗎？

📖 語氣詞：乎

「乎」在文言文中可用作語氣詞，一般放在句末，能表示不同的語氣：

	語氣	意思
乎	表示疑問	相當於「嗎」
	表示反問	相當於「嗎」、「呢」
	表示推測	相當於「吧」
	表示祈使	相當於「吧」
	表示感歎	相當於「啊」、「呀」

看看《三人成虎》一文中「乎」的用法：

> 王信之乎？

這一句的「乎」是「嗎」的意思，表示疑問語氣。全句意思是：「大王相信這種說法嗎？」

閱讀文言文時，我們可從上文下理去推斷「乎」所表示的語氣。

📖 一字多音：夫

「夫」在文言文裏是個多音字，不同的讀音代表的詞性和意思包括：

	字音	詞性	意思
夫	粵 敷 普 fū	名詞	1. 成年男子、大丈夫 2. 丈夫
	粵 扶 普 fú	代詞	這、那
		語氣助詞	1. 用於句首，引起議論 2. 用於句末，表示感歎，相當於「啊」、「吧」

《三人成虎》裏的「夫市之無虎明矣」，「夫」是語氣詞，用於句首，引領下文的議論，現代漢語沒有與此相應的詞語。

閱讀文言文時，別看到「夫」就當成「夫子」或「丈夫」，在句首的往往只是用來表示要發表議論的意思啊！

夫……

公子有何高見？

邊喝邊聊

🐦 **為什麼要太子去做人質？**

魏國的大王不愛護他的兒子嗎？為什麼要堂堂太子去做人質？

戰國時代，國家之間時常互相攻打討伐，又因共同的利益而結盟，不過結盟的國家都不大信任對方，於是把皇族中人交給對方作為人質，促使雙方遵守盟約。

一般來說，人質都是從國君次子以下的公子中挑選，往往不會是地位太高的公子。擔任人質的公子被安排住在對方的都城，一舉一動受到監視，也不能隨便離開都城。萬一國家毀約，公子的處境就十分危險了。

反思學習

1. 「三人成虎」的故事可見，魏王有哪些性格特點？你認識有相似性格的人嗎？

2. 假如你是魏王，聽到一些關於自己或某位大臣的傳言，你會怎樣處理呢？

3. 你相信「謠言止於智者」嗎？為什麼？

實地考察

這個星期的任務是解讀《戰國策》的文章《鄒忌諷齊王納諫》。這《戰國策》是指戰國時代的書嗎？

《戰國策》是一部集合了戰國時代史料的著作，分十二策，共三十三篇文章。它的作者應該不只一個人，成書的時間也不限於一個朝代。比較明確的是，西漢文學家劉向整理過這本書，書名也是他取的。

《戰國策》的主要內容是什麼？

《戰國策》主要記錄了當時策士、謀臣的外交活動和提出的謀略。它的文筆生動，善用通俗的比喻和寓言故事來說明事理。

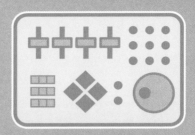

看來是很有智慧的書！趣趣博士，《鄒忌諷齊王納諫》是什麼意思？

給你們一點提示：「鄒忌」是人名，「諷」指用含蓄的話暗示或規勸。

「齊王」是齊國的君王。言言，你猜猜「納諫」的意思吧！

好像很難！「納」是接納的意思，「諫」應是勸告別人改正的意思吧。

我們馬上行動，就知道你們猜得對不對了！

鄒忌諷齊王納諫
（節錄）

《戰國策》

鄒忌脩①八尺有餘，而形貌昳麗②。朝服衣冠③，窺鏡④，謂其妻曰：「我孰與⑤城北徐公美？」其妻曰：「君美甚，徐公何能及君也！」城北徐公，齊國之美麗者也。忌不自信⑥，而復問其妾⑦曰：「吾孰與徐公美？」妾曰：「徐公何能及君也！」旦日⑧，客從外來，

解讀提示

📖 詞類活用：服
（詳見第 40 頁）

🧰 替換槍：「窺」是「照」的意思。

📖 一詞多義：孰
（詳見第 41 頁）

🧰 替換槍：「及」是「比得上」的意思。

🧰 替換槍：「復」是「又」的意思。

📖 一詞多義：孰
（詳見第 41 頁）

與坐談，問之客曰：「吾與徐公孰美？」客曰：「徐公不若君之美也。」明日⑨，徐公來，孰視⑩之，自以為不如；窺鏡而自視，又弗如遠甚。暮寢而思之，曰：「吾妻之美⑪我者，私⑫我也；妾之美我者，畏我也；客之美我者，欲有求於我也。」

解讀提示

🗄 增補黏土：「與」字前後分別補上省略了的詞語「鄒忌」和「客人」。

📖 一詞多義：孰
（詳見第 41 頁）

🗄 替換槍：
- 「弗如」即「不如」。
- 「暮」是「傍晚」的意思。
- 「寢」是「睡覺」的意思。

📖 詞類活用：美、私
（詳見第 40 頁）

注釋 ✏️

① **脩**：通「修」，長，這裏指身高。「脩」 粵 收 普 xiū

② **昳麗**：神采煥發，容貌美麗。「昳」 粵 日 普 yì

③ **朝服衣冠**：服，作動詞用，穿戴。穿好上朝的禮服。
「朝」 粵 潮 普 cháo

④ **窺鏡**：窺，本義是偷看，引申為照、看。這裏指照鏡子。

⑤ **孰與**：與……比。

⑥ **忌不自信**：鄒忌自己不相信。

⑦ **妾**：小妻，即正妻以外的妻子，地位比正妻低。

⑧ **旦日**：第二天。

⑨ **明日**：第二天。

⑩ **孰視**：孰，通「熟」，仔細，反復。仔細看。

⑪ **美**：讚美。

⑫ **私**：偏愛。

全面解讀

鄒忌諷齊王納諫（節錄）　　　《戰國策》

　　齊國宰相鄒忌身高八尺多，神采煥發，容貌俊美。他穿好上朝的禮服，照了一下鏡子，對他的妻子説：「我和城北徐公比，誰更美呢？」他的妻子説：「您美極了，徐公怎能比得上您呢？」城北的徐公是齊國最美的男子。鄒忌不相信自己（比徐公美），又去問他的小妾：「我和徐公相比，誰更美呢？」小妾説：「徐公怎能比得上您呢？」第二天，有客人從外面來（拜訪），（鄒忌）與他相坐而談，問他：「我和徐公比，誰更美呢？」客人説：「徐公不如您美麗。」又過了一天，徐公來了，鄒忌仔細地看着他，自己認為不如徐公美；照着鏡子看鏡裏的自己，更加覺得自己與徐公相差甚遠。傍晚，他躺在牀上休息時思量這件事，説：「我的妻子讚美我，是偏愛我；我的小妾讚美我，是害怕我；客人讚美我，是因為有事情要求我。」

這個有趣的故事告訴我們：**對別人的讚賞，要冷靜對待**，千萬不可盲目陶醉在讚美中。

📖 詞類活用：服、美、私

詞類活用，就是指一個詞在句中改變了它原來的詞性。例如《鄒忌諷齊王納諫》一文中：

> 朝服衣冠。

「服」字原是名詞，在句中出現在名詞前面，說明已經活用為動詞，意思是「穿戴」。全句意思是：「穿好上朝的禮服。」

又如：

> 吾妻之美我者，私我也。

「美」本是形容詞，在句中出現在名詞前面，說明已經活用為動詞，意思是「讚美」。

這一句裏面，「私」原本可用作名詞（如「大公無私」）、形容詞（如「私生活」）、副詞（如「私議」），在這裏也活用作動詞，表示「偏心、偏愛」的意思。

全句可譯為：「我的妻子讚美我，是偏愛我。」

📖 一詞多義：孰

「孰」在文言文裏是個常用詞，身兼多種詞性和意思：

	詞性	意思
孰	代詞	誰、哪個
	形容詞	通「熟」，表示成熟、煮熟、仔細等意思

看看《鄒忌諷齊王納諫》一文中「孰」的用法：

> 吾與徐公孰美？

這一句的「孰」是「誰、哪個」的意思。全句的意思是：「我和徐公哪個漂亮？」

又如「我孰與城北徐公美？」、「吾孰與徐公美？」這兩句的「孰與」常用於反問句，表示比較抉擇，「與……比」、「哪一個……」的意思。

文中還有一個不同用法的「孰」字：

> 徐公來，孰視之。

這句的「孰」是「仔細」的意思。全句意思是：「徐公來了，鄒忌仔細地看着他。」

吾與言言孰聰明？

邊喝邊聊

🐦 古代人比現代人長得高？

> 鄒忌身高八尺有餘，嗯，一英尺是三十厘米，八尺就是二點四米。咦，古代人豈不是比現代人長得高？

> 根據考證，戰國時一尺大約等於現在的二十三厘米，鄒忌身長八尺多，大約是現在的一點八米。這個身高在現代也許不算特別高，但在古代已是高人一等了。
>
> 要注意的是，不同年代，尺的長度不一。就算同一個年代，在不同地區、國家的長度也不一樣。讀古文時可多加留意。

反思學習 ⁇

① 你喜歡聽到別人稱讚你嗎？聽到別人的稱讚，你會全部接受嗎？為什麼？

② 你樂意接受批評嗎？別人指出你做得不好的地方，你會認真自省並找方法改善嗎？為什麼？

③ 我們應該直接指出別人的錯誤和缺點嗎？為什麼？

④ 假如你要向同學或朋友指出他做得不好的地方，你會怎樣做？

實地考察

文文，我很口渴，但水瓶沒有水了，怎麼辦？

我的水瓶有水，但我喝過，給你喝會不衞生啊。

言言，我有家傳秘方，快來試試！你先閉上眼，然後想一想「話梅」……現在你感覺怎樣？

一想到酸酸的「話梅」，口水都流出來了，感覺沒那麼口渴了！這秘方真神奇！

這個家傳秘方跟這次的任務《望梅止渴》有些關連，大抵我的祖先聽過這個故事。據說它跟漢末三國時期的曹操有關，我們快去看看吧！

望梅止渴 劉義慶《世說新語》

魏武①行役②失汲道③，軍皆渴，乃令曰：「前有大梅林，饒子，甘酸可以解渴。」士卒聞之，口皆出水，乘④此得⑤及⑥前源⑦。

解讀提示

📖 一詞多義：失、乃（詳見第47-48頁）

📦 擴詞器：「渴」擴展為「口渴」。

📦 增補黏土：「令」字前面補上省略了的主語「曹操」。

📦 替換槍：
• 「饒」是「多，豐富」的意思。
• 「子」是「果實」的意思。
• 「聞」即「聽」。

注釋 ✏️

① **魏武**：即曹操，他曾封魏王，死後他的兒子曹丕稱帝，追尊他為武帝，所以稱為魏武。

② **行役**：行軍。

③ **汲道**：通向水源的道路。「汲」 粵 吸　普 jí

④ **乘**：趁、藉着。

⑤ **得**：能夠、得以。

⑥ **及**：到達。

⑦ **前源**：前面有水源的地方。

全面解讀

望梅止渴　　劉義慶《世說新語》

　　魏武帝曹操在行軍途中，找不到通向水源的道路，士兵都很口渴，於是（曹操）傳令說：「前面有一大片梅林，梅子很多，又甜又酸，可以解渴。」士兵聽了，口中都湧出了唾液，藉著這話所帶來的希望，得以到達前面有水源的地方。

這個故事其實是曹操的美麗謊言，及時地鼓舞了軍隊的士氣，最終擺脫缺水的困境。成語「望梅止渴」比喻願望無法實現，只能借想像來安慰自己。

📖 一詞多義：失

「失」在文言文裏是個常用詞，身兼多種詞性和意思，以下是常用的用法：

	詞性	意思
失	動詞	1. 喪失、失去 2. 迷失、找不到 3. 錯過、耽誤
	名詞	過錯、過失

看看《望梅止渴》一文中「失」的用法：

> 魏武行役失汲道，軍皆渴……

句中的「失」是「迷失、找不到」的意思。全句意思是：「魏武帝曹操在行軍途中，找不到通向水源的道路，士兵都很口渴。」

「失」在文言文裏經常出現，我們要留意它的詞性和意思，不要一味當作「失去」啊！

📖 一詞多義：乃

「乃」在文言文裏是個常用詞，身兼多種詞性和意思，以下是常用的用法：

	詞性	意思
乃	代詞	你、你們、你的、你們的
	副詞	僅僅、才、竟然、卻
	連詞	於是、就

看看《望梅止渴》一文中「乃」的用法：

> 魏武行役失汲道，軍皆渴，乃令曰……

從上下文可見句中的「乃」是「於是」的意思。「乃令曰」的意思是「於是傳令說」。

吾皆餓，乃令曰……

邊喝邊聊

「四君子」（梅蘭菊竹）的象徵意義

說起梅，我會想起媽媽做的梅子排骨和爸爸釀造的梅子酒。趣趣博士，你會聯想到什麼？

我會想起花中「四君子」——梅、蘭、菊、竹。它們是國畫的傳統題材，也常在中國古詩文裏出現，象徵君子的清高品德。

梅花耐寒，在寒冬綻放，所謂「寒梅傲雪」就是這意思；蘭花清秀幽香，像品行高潔的君子；菊花不和其他花爭豔，像不求名利的君子，是大詩人陶淵明的最愛；竹子四季常青，是正直清高的象徵。

反思學習

1. 你贊成曹操用美麗的謊言鼓舞軍隊的士氣嗎？為什麼？

2. 你相信有善意的謊言嗎？為什麼？

3. 你說過善意的謊言嗎？是在什麼情況下講的？結果怎樣？

4. 當你肚子餓，但又未到吃東西的時間，或者身邊沒有可以吃的東西，你會怎麼辦？

任務總結一

我們順利完成了任務 1 - 4，現在一起重溫內容，總結一下學習的成果。大家預備好就開始吧！

內容理解力

《買櫝還珠》

1. 以下哪一項符合故事內容？

   ◯ A. 鄭國的珠寶商人到楚國去賣珠寶。

   ◯ B. 珠寶商人用蘭花和肉桂製作小匣。

   ◯ C. 珠寶商人用不同顏色的寶石裝飾小匣。

   ◯ D. 珠寶商人在小匣上刻上精美的玫瑰花圖案。

2. 圈出正確的答案。

   故事中的珠寶商人很善於賣（匣子 / 珠寶），但不精於賣（匣子 / 珠寶）。

3. 這個故事諷刺了哪一種人？

   ◯ A. 唯利是圖的人。

   ◯ B. 表裏不一的人。

   ◯ C. 只懂包裝外表的人。

   ◯ D. 做事本末倒置的人。

《三人成虎》

1. 以下哪一項符合故事內容？
   - ○ A. 魏太子被俘虜到趙國。
   - ○ B. 龐蔥到趙國救魏國太子。
   - ○ C. 龐蔥請求魏王不要派太子到趙國。
   - ○ D. 龐蔥臨行時希望魏王不要誤信讒言。

2. 龐蔥為什麼要和魏王說墟市上有老虎的傳聞？
   - ○ A. 因為他認為太子的處境像墟市上的人。
   - ○ B. 因為他認為自己的處境像墟市上的人。
   - ○ C. 因為他認為魏王身邊有很多像老虎的人。
   - ○ D. 因為他認為魏王身邊有很多像墟市上的人。

3. 以下哪一項符合故事的結局？
   - ○ A. 大王停止了派太子到趙國的計劃。
   - ○ B. 龐蔥回國後，發覺魏王相信了流言。
   - ○ C. 大王明察秋毫地處理關於龐蔥的流言。
   - ○ D. 太子充當人質期滿後，得不到魏王召見。

《鄒忌諷齊王納諫》（節錄）

1. 以下哪一項不符合故事內容？
   - ○ A. 鄒忌性格愛美，經常照鏡子。
   - ○ B. 鄒忌對妻子的讚美半信半疑。
   - ○ C. 鄒忌不想和城北的徐公相提並論。
   - ○ D. 鄒忌早已聽聞城北的徐公是公認的美男子。

2. 以下哪一個詞語能夠概括小妾對鄒忌的態度？

　　○ A. 敬而遠之

　　○ B. 誠惶誠恐

　　○ C. 偏袒溺愛

　　○ D. 望而生畏

3. 這個故事主要指出

　　○ A. 不要自視過高。

　　○ B. 做事要適可而止。

　　○ C. 別輕信別人的客套話。

　　○ D. 不要因讚美而頭腦發熱。

《望梅止渴》

1. 為什麼士兵感到口渴？

　　○ A. 因為大軍在途中遇上大旱天。

　　○ B. 因為大軍在途中找不到水源。

　　○ C. 因為大軍的水源被敵軍截斷。

　　○ D. 因為曹操在行軍途中不許士兵喝水。

2. 這個故事反映了曹操哪一項性格特點？

　　○ A. 機智靈活

　　○ B. 居安思危

　　○ C. 咄咄逼人

　　○ D. 待人嚴苛

3. 以下哪一個詞語和成語「望梅止渴」意思相近？

○ A. 食髓知味

○ B. 飲鴆止渴

○ C. 畫餅充飢

○ D. 餐風飲露

文言解讀力

以下句子中方框內的紅色字是什麼意思？

1. 輯以羽翠。（《買櫝還珠》）

○ A. 剪輯 　　　 ○ B. 裝飾 　　　 ○ C. 修補

2. 未可謂善鬻珠也。（《買櫝還珠》）

○ A. 培育 　　　 ○ B. 出售 　　　 ○ C. 利用

3. 三人言市有虎，王信之乎？（《三人成虎》）

○ A. 吧 　　　 ○ B. 呢 　　　 ○ C. 嗎

4. 夫市之無虎明矣。（《三人成虎》）

○ A. 丈夫 　　　 ○ B. 這 　　　 ○ C. 語氣詞，用
　　　　　　　　　　　　　　　　　　　來引領下文

5. 今邯鄲去大梁也遠於市。（《三人成虎》）

○ A. 距離 　　　 ○ B. 前往 　　　 ○ C. 返回

6. 徐公何能 及 君也！（《鄒忌諷齊王納諫》(節錄)）

　　◯ A. 及格　　　　　◯ B. 比得上　　　　　◯ C. 優勝於

7. 吾妻之美我者， 私 我也。（《鄒忌諷齊王納諫》(節錄)）

　　◯ A. 畏懼　　　　　◯ B. 偏愛　　　　　　◯ C. 自私

8. 魏武行役 失 汲道。（《望梅止渴》）

　　◯ A. 失去　　　　　◯ B. 耽誤　　　　　　◯ C. 找不到

9. 乘此得 及 前源。（《望梅止渴》）

　　◯ A. 及格　　　　　◯ B. 到達　　　　　　◯ C. 比得上

自我評估

　　這次任務順利完成，大家解讀文言文的能力增強了嗎？能學到古人的智慧嗎？試給自己評分，把星星塗滿。（3 顆 = 能夠掌握；2 顆 = 初步掌握；1 顆 = 仍需努力）

❶ 我明白文章的內容。 ⸺⸺⸺⸺⸺⸺⸺⸺⸺⸺⸺ ☆ ☆ ☆

❷ 我明白文言句子有時會省略主語或賓語。 ⸺⸺ ☆ ☆ ☆

❸ 我明白有些詞語會改變詞性來表達其他意思。 ⸺ ☆ ☆ ☆

❹ 我明白有些詞語的不同讀音代表不同意思。 ⸺ ☆ ☆ ☆

❺ 我明白做事要分清主次。 ⸺⸺⸺⸺⸺⸺⸺⸺ ☆ ☆ ☆

❻ 我懂得細心思考，不隨便聽信傳言。 ⸺⸺⸺ ☆ ☆ ☆

❼ 我不會因受人讚賞而沾沾自喜。 ⸺⸺⸺⸺ ☆ ☆ ☆

❽ 我會在困難時想出變通的辦法。 ⸺⸺⸺⸺ ☆ ☆ ☆

第二章
巧妙的寓言

實地考察

趣趣博士，這個星期的任務是解讀《鷸蚌相爭》，你知道什麼是鷸蚌嗎？

讓我查一查……啊，原來鷸是水鳥，蚌是長有堅硬貝殼的河蚌。

水鳥和蚌各有自己的生活方式，為什麼要相爭？真令人摸不着頭腦！

等一下，我收到更多資料……鷸以捕食昆蟲、水生動物為生。

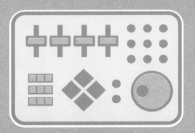

讓我猜猜，一定是鷸想吃掉蚌，卻遇上蚌的反抗。

聽來這個推測很有道理，而且看來是一場刺激的鬥爭！

聽起來好緊張，我們快去看看牠們誰會勝出！

好，我也很想知道結果。我們帶上法寶替換槍、擴詞器和增補黏土，快去看看吧！

鷸①蚌相爭　《戰國策》

蚌方出曝②，而鷸啄其肉。蚌合而拑③其喙④。鷸曰：「今日不雨⑤，明日不雨，即有死蚌。」蚌亦謂鷸曰：「今日不出⑥，明日不出，即有死鷸。」兩者不肯相舍，漁者得而并擒之。

注釋 🖊

① 鷸：水鳥名，頭圓大，嘴細長而直，以捕食昆蟲、水生動物為生。「鷸」 粵 核 (wat⁶) 普 yù
② 曝：曬太陽。「曝」 粵 僕 普 pù
③ 拑：一作「鉗」，把東西夾住。「拑」 粵 鉗 普 qián
④ 喙：鳥嘴。「喙」 粵 悔 普 huì
⑤ 雨：下雨。「雨」 粵 預 普 yù
⑥ 不出：指鷸的嘴拔不出來。

全面解讀

鷸蚌相爭　　《戰國策》

河蚌正在張開兩片殼曬太陽，鷸乘機來啄食牠的肉。河蚌立刻把殼兒合攏，鉗住了鷸的長嘴巴。鷸說：「今天不下雨，明天不下雨，這兒很快便會有一隻死去的蚌了。」蚌也對鷸說：「今天你的嘴拔不出來，明天你的嘴拔不出來，這兒很快就會有一隻死去的鷸了。」牠們兩個誰也不肯讓步，結果漁夫走過來把牠們一起捉去了。

這個故事告訴我們，意氣用事的結果可能是兩敗俱傷，還可能讓第三者從中得益。

📖 詞類活用：曝、死

《鷸蚌相爭》一文中有幾處出現了詞類活用的情況：

> 蚌方出曝。

「曝」字原是名詞，指猛烈的陽光，這裏作動詞用，解作曬太陽。

又如：

> 今日不雨，明日不雨，即有死蚌。

「死」本是名詞，指死亡，這裏作形容詞用，解作死去的、失去生命的。

考考你，「今日不雨，明日不雨」這句中的「雨」字如何作詞類活用？（提示：我們在初階篇已學過，同時要留意「雨」字的讀音。）（答案見第 142 頁）

今日不雨，明日不雨，即有陽光！

邊喝邊聊

 鷸和蚌救了燕國一命！

鷸和蚌雙方意氣用事，都以為自己最終會得到勝利，結果卻是兩敗俱傷，「鷸蚌相爭，漁人得利」這個故事不但有趣，而且能令人們汲取教訓。

你說得對，戰國時期的燕國更因為這個故事而挽回一命！當時秦國自恃國力強大，常侵略別的國家，其他國家之間也不時互相攻伐。有一年，趙國準備攻打燕國，燕國聽到風聲後，急忙派說客蘇代到趙國說情，勸趙國不要派兵。蘇代到了趙國後，就對趙王說了「鷸蚌相爭」的故事。趙王聽了，覺得蘇代說得有道理，就打消了攻打燕國的計劃，避免了「鷸蚌（趙國和燕國）相爭，漁人（秦國）得利」的情況。

反思學習

1. 試回想一次你跟兄弟姊妹、朋友或同學發生爭執的經過，為什麼會這樣？結果怎樣？現在想起這件事，會覺得後悔嗎？

2. 如果兄弟姊妹之間出現爭執，你認為應該怎樣處理？朋友或同學出現爭執，又可以怎樣處理呢？

3. 如果班中經常發生同學之間互相告發和投訴的事情，這對上課氣氛和同學之間的關係有什麼影響？

哀溺文序 （節錄）

柳宗元

實地考察

趣趣博士，這個星期的任務看來很困難，我們能破解嗎？

言言，你平時並不是怕困難的人，為什麼這麼沒信心？

這次的任務是解讀一篇叫《哀溺文序》的文章，光看文題，我一點頭緒也沒有。

別擔心，解讀文言要有耐性和信心。首先我問你們，「哀」是什麼意思？

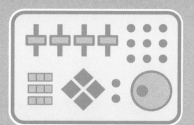

「哀」是指悲哀、哀傷嗎？

文文，說得好。我再問你們，「溺」是什麼意思？

「溺」是指遇溺，對嗎？

推斷得不錯，大家加油！《哀溺文》是唐代文學家柳宗元的文章。原文由序和正文兩部分組成，這次破解的是序言那部分！我們有法寶**替換槍**、**擴詞器**和**增補黏土**幫忙，不用擔心。

好，現在對解讀這篇文章開始有了信心，我們會全力以赴！

哀溺文序（節錄） 柳宗元

永①之氓②咸善游。一日，水暴甚③，有五、六氓，乘小船絕湘水④。中濟⑤，船破，皆游。其一氓盡力而不能尋常⑥。其侶曰：「汝善游最也，今何後為⑦？」曰：「吾腰⑧千錢，重，是以後。」曰：「何不去⑨之？」不應，搖其首。有頃⑩益怠。已濟者立岸上呼且號⑪曰：「汝愚之甚，蔽之

解讀提示

🗃 替換槍：
• 「咸」是「都」的意思。
• 「善」是「精於」的意思。
• 「游」即「游泳、泳術」。
• 「絕」即「橫渡」。

📖 一詞多義：甚
（詳見第 68 頁）

🗃 增補黏土：「皆游」前面補上省略了的主語「船上的人」。

🗃 替換槍：
• 「侶」是「同伴」的意思。
• 「之」是代詞「它」（腰間纏着的錢）。

🗃 增補黏土：「不應」前面，以及「又搖其首」前面都補上省略了的主語「那個腰纏着錢的人」。

甚！身且⑫死，何以貨⑬為？」

又搖其首，遂溺死。

解讀提示

📖 **古今義**：益
（詳見第 68 頁）

🎒 **替換槍**：「怠」是
「疲憊乏力」的意
思。

🧰 **擴詞器**：「蔽」擴
展為「蒙蔽」，即
腦子不開竅。

注釋 ✏️

① **永**：永州，在今湖南省。

② **氓**：老百姓。「氓」 🉐民 🈵méng

③ **水暴甚**：江水漲得很厲害。

④ **湘水**：即湘江，湖南省最大的河流。

⑤ **中濟**：渡到河中央。

⑥ **不能尋常**：古代八尺為尋，兩尋為常。這裏指只游了幾尺，游不到多遠。

⑦ **何後為**：為什麼會落後。

⑧ **腰**：這裏用作動詞，纏在腰間。

⑨ **去**：除去、拋棄。

⑩ **有頃**：不一會兒。

⑪ **號**：大聲叫喊。

⑫ **且**：將。

⑬ **貨**：金玉布帛的總名，即財物。

全面解讀

哀溺文序（節錄） 柳宗元

永州的人都善於游泳。一天，江水暴漲，有五、六個人乘小船橫渡湘江。渡到河中間，船破了，大家都下水游泳渡江。其中一個人出盡了力卻游不了幾尺。他的同伴説：「你最善於游泳，為什麼會落到後邊了？」他回答説：「我腰裏纏着一千文錢，太重了，因此落後。」同伴説：「為什麼不把錢丟掉？」他不回答，搖了搖頭。過了一會兒，更加疲憊乏力。已經渡江的人站在岸上大聲呼喊説：「你愚蠢極了，糊塗極了！人快死了，還要那些錢幹什麼？」他又搖了搖頭，於是就淹死了。

作者通過一個永州百姓因貪財而被溺死的寓言故事，諷刺了社會上那些貪得無厭，只顧追名逐利的人。

錢財身外物，人為財死，為錢失去寶貴的性命，真是糊塗極了！

📖 一詞多義：甚

　　「甚」在文言文裏是個常用詞，身兼多種詞性和意思，以下是常用的用法：

	詞性	意思
甚	代詞	什麼
	副詞	很；非常
	形容詞	厲害、嚴重、超過

　　《哀溺文序》裏的「水暴甚」一句，「甚」是指「厲害、嚴重」。文末「汝愚之甚，蔽之甚」一句，從上下文可見，這裏的「甚」也是「厲害、嚴重」的意思。全句意思是「你愚蠢極了，糊塗極了」。

📖 古今義：益

　　有些詞語在古代和現代的意義和用法已變得不同，例如《哀溺文序》一文中「有頃益怠」一句的「益」。「益」今義多指「利益」、「好處」，但在這句中作副詞，意思是「更加」。

　　「益」還有一些現在較少用的意義，例如用作動詞時，等同「溢」字，指溢出或增加。用作副詞時，指漸漸地。

邊喝邊聊

🐦 筆鋒銳利的柳宗元

我們讀了不少春秋戰國時期的寓言，這次看到唐代名家的寓言作品，同樣富有諷刺意味。

對啊，柳宗元是唐宋古文八大家之一，與韓愈同為古文運動的倡導者。他的說理之作以嚴謹取勝，寓言則篇幅精短，筆鋒犀利。柳宗元筆下的山水遊記最為著名，寫景狀物令人歎為觀止。

《哀溺文》是柳宗元被貶到永州後寫的一篇具有諷刺意味的文章。寓言文學在中國有着悠久的歷史，戰國時已經取得很高的成就。柳宗元繼承並發展了前代寓言的優良傳統，把深刻的道理用形象化的故事表達出來，筆鋒犀利，發人深省。

反思學習 ❓

1. 假如你是故事中的角色之一，乘搭的小船翻船了，你會怎樣做？你會放棄自己的財物來保命嗎？為什麼？

2. 有人為了追求金錢、名譽和地位而放棄一切，你認為值得嗎？為什麼？

3. 人生除了金錢、名譽、地位外，還有什麼是值得我們去追求的？

4. 什麼東西是金錢買不到的？你認為什麼東西比金錢更重要？

任務 7　折箭　魏收《魏書》

實地考察

一支竹仔會易折彎，幾支竹一紮斷折難……

言言，你在唱什麼歌啊？聽來好有趣啊！

趣趣博士，這首歌叫《一支竹仔》，歌詞的大意是一支竹枝很易折斷，一束竹枝合起來就不易斷，比喻「團結就是力量」。

這首歌曲的主題和這個星期的任務看來很相似。這次任務是解讀一篇出自《魏書》叫《折箭》的文章！

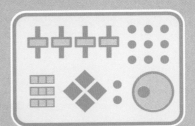

 我來猜一猜，這故事也是說，折斷一支箭很容易，但要折斷一束箭就很困難，以此比喻團結的重要。

文文，待會兒你就知道猜得對不對了！

 那麼《魏書》是一本怎樣的書呢？

《魏書》是以紀傳體寫成的北魏史書，由北齊時任中書令兼著作郎的魏收編撰。想知它的內容，現在就開始任務吧！這次我們帶齊四個法寶——保留噴霧、增補黏土、擴詞器和替換槍！

71

折箭

魏收《魏書》

阿豺①有子二十人，緯代，長子也。阿豺又謂曰：「汝等各奉②吾一支箭，折之地下。」俄而③命母弟④慕利延曰：「汝取一支箭折之。」慕利延折之。又曰：「汝取十九支箭折之。」延不能折。阿豺曰：「汝曹知否？單者易折，眾則難摧⑤，戮力⑥一心，然後社稷⑦可固。」

解讀提示

📦 **保留噴霧**：阿豺、緯代（阿豺長子的名字），翻譯時保留此詞。

📦 **增補黏土**：「謂」字後面補上省略了的賓語「兒子們」。

📦 **擴詞器**：「折」擴展為「折斷」。

📖 **文言時間詞**：俄而（詳見第 75 頁）

📦 **增補黏土**：「命母弟」前面，以及「又曰」前面補上省略了的主語「阿豺」。

📦 **替換槍**：「汝曹」是人稱代詞「你們」的意思。

📖 **疑問語氣詞**：否（詳見第 75 頁）

注釋 ✏️

① **阿豺**：南北朝時吐谷渾國王。

② **奉**：進獻。

③ **俄而**：一會兒。

④ **母弟**：同母所生的弟弟。

⑤ **摧**：折斷。

⑥ **戮力**：合力。「戮」 粵 錄 普 lù

⑦ **社稷**：古時用作國家的代稱。「稷」 粵 織 普 jì

73

全面解讀

折箭　　　魏收《魏書》

　　吐谷渾的首領阿豺有二十個兒子，緯代是他的長子。阿豺對兒子們說：「你們每人給我拿一支箭來，把箭折斷扔在地上。」過了一會兒，阿豺又對他的同母弟弟慕利延說：「你拿一支箭來把它折斷。」慕利延毫不費力地折斷了。阿豺又說：「你再取十九支箭來把它們一起折斷。」慕利延折不斷那些箭。阿豺說：「你們知道其中的道理嗎？單獨一支箭容易折斷，聚集成眾就難以摧毀了。大家同心合力，我們的江山就可以鞏固。」

「團結就是力量」，只要齊心合力，就能成事。

我們要團結一心，努力破解古文任務！

📖 文言時間詞

在文言文裏面，常見的時間副詞有以下多種：

時間副詞	意思
俄而、頃刻、須臾	一會兒
久之、良	許久
適、方	剛剛、正在

在《折箭》一文中，「俄而命母弟慕利延曰」一句，「俄而」表示「過了一會兒」的意思。

又如我們前面看過的《鷸蚌相爭》一文，「蚌方出曝」的「方」是「正在」的意思。

多了解文言時間副詞，對解讀文章更有幫助！

📖 疑問語氣詞：否

在文言文裏面，「否」通常用於表示不同意，相當於「不」。例如《折箭》一文中，「汝曹知否？」一句的「否」是一個常用的疑問語氣詞，相當於「不」、「沒有」、「嗎」。這句的意思是：「你們知道其中的道理嗎？」

邊喝邊聊 ♫

🐦 **人心齊，泰山移**

看完這個故事，我想起了「人心齊，泰山移」這句諺語。我們只要團結一致，就能早日達成任務。趣趣博士，請問還有哪些勉勵人齊心團結的名句？

- 《易經·繫辭上》：「二人同心，其利斷金。」二人同心協力，力量如同鋒利的刀劍，可以切斷金屬。說明團結的力量可以對付敵人。
- 《孟子·公孫丑下》：「天時不如地利，地利不如人和。」指佔着有利的時機不如有地理優勢，有地理優勢又不如取得人心。說明團結一心的力量。
- 《精忠岳傳》：「單絲不成線，獨木不成林。」一棵樹不能成為樹林，比喻力量單薄，無法成事。

反思學習 ⁇

1. 你同意「團結就是力量」嗎？試舉出生活中的例子來說明。
2. 你認為兄弟姊妹之間要怎樣做才稱得上是團結？
3. 你認為同學之間互相告發，是不是團結的表現？為什麼？這會帶來什麼影響？
4. 有什麼活動能加強同班同學之間的團結？

任務總結二

　　我們順利完成了任務 5-7，現在一起重溫內容，總結一下學習的成果。大家預備好就開始吧！

內容理解力

《鷸蚌相爭》

1. 以下哪一項符合故事內容？

　　◯ A. 鷸趁河蚌睡覺時來啄食牠的肉。

　　◯ B. 鷸趁河蚌曬太陽時來啄食牠的肉。

　　◯ C. 河蚌合起兩片殼，夾着鷸的長腿。

　　◯ D. 河蚌合起兩片殼，用力夾死了鷸。

2. 這個故事告訴我們什麼道理？

　　◯ A. 不要和敵人正面交鋒。

　　◯ B. 要出其不意才會成功。

　　◯ C. 不要衝動做事，要看清形勢。

　　◯ D. 不要意氣用事，以免被人從中取利。

3. 以下哪句成語和「鷸蚌相爭」的意思相反？

　　◯ A. 量如江海

　　◯ B. 先拔頭籌

　　◯ C. 相安無事

　　◯ D. 按部就班

《哀溺文序》（節錄）

1. 以下哪一項**不符合**故事內容？

　　○ A. 永州的人都善於游泳。

　　○ B. 由於船破了，大家都下水渡江。

　　○ C. 有一個善泳的人盡力游泳卻游不了幾尺。

　　○ D. 他的同伴只顧逃生，沒有發現那人遇溺。

2. 為什麼那個善泳的人會淹死？

　　○ A. 他把錢財看得比生命重要。

　　○ B. 他忘記了自己腰裏纏着錢。

　　○ C. 他聽不懂同伴提醒他把錢丟掉。

　　○ D. 他不敢把別人交託他的錢丟掉。

3. 這個故事諷刺哪種人？

　　○ A. 自私自利的人。　　　○ B. 斤斤計較的人。

　　○ C. 嗜財如命的人。　　　○ D. 一毛不拔的人。

《折箭》

1. 以下哪一項符合故事內容？

　　○ A. 阿豺有三十個兒子。

　　○ B. 緯代是阿豺最年幼的兒子。

　　○ C. 慕利延是阿豺最年長的兒子。

　　○ D. 慕利延無法一口氣折斷十九支箭。

2. 阿豹想告訴後輩什麼道理？

　　○ A. 不要單獨行動。

　　○ B. 團結就是力量。

　　○ C. 人要有堅定不移的信念。

　　○ D. 每人都要負起自己的責任。

3. 阿豹對兒子的哪一方面感到擔心？

　　○ A. 兒子之間不願合作。

　　○ B. 兒子不能文武雙全。

　　○ C. 兒子繼位後會攻打別國。

　　○ D. 兒子沒有領導人的才能。

文言解讀力

以下句子中方框內的紅色字詞是什麼意思？

1. 蚌合而拑其 喙 。（《鷸蚌相爭》）

　　○ A. 鳥頭　　　　○ B. 鳥嘴　　　　○ C. 鳥腳

2. 兩者不肯相 舍 。（《鷸蚌相爭》）

　　○ A. 放棄　　　　○ B. 放開　　　　○ C. 忍讓

3. 永之氓 咸 善游。（《哀溺文序》(節錄)）

　　○ A. 不　　　　　○ B. 皆　　　　　○ C. 曾經

4. 汝愚之甚，<u>蔽</u>之甚！（《哀溺文序》(節錄)）

　○ A. 不老實　　　○ B. 不開竅　　　○ C. 不負責

5. <u>俄而</u>命母弟慕利延曰……（《折箭》）

　○ A. 立即　　　○ B. 慢慢地　　　○ C. 一會兒

6. <u>汝曹</u>知否？（《折箭》）

　○ A. 慕利延　　　○ B. 緯代　　　○ C. 你們

7. <u>戮力</u>一心，然後社稷可固。（《折箭》）

　○ A. 合力　　　○ B. 盡力　　　○ C. 費力

自我評估

　　這次任務順利完成，大家解讀文言文的能力增強了嗎？能學到古人的智慧嗎？試給自己評分，把星星塗滿。（3 顆＝能夠掌握；2 顆＝初步掌握；1 顆＝仍需努力）

❶ 我明白「益」的古今義。 ───────────── ☆ ☆ ☆
❷ 我明白文言文中有些名詞會當作動詞或形容詞使用。── ☆ ☆ ☆
❸ 我知道「否」能表示疑問語氣。 ──────────── ☆ ☆ ☆
❹ 我初步認識了文言時間詞。 ──────────── ☆ ☆ ☆
❺ 我明白團結就是力量。 ─────────────── ☆ ☆ ☆
❻ 我明白做事不要意氣用事。 ──────────── ☆ ☆ ☆
❼ 我明白不要因為錢財而忽略其他重要的事。 ───── ☆ ☆ ☆

第三章

智慧良言

實地考察

趣趣博士，這個星期的任務是破解《論語四則》，《論語》是孔子寫的嗎？

《論語》是一部儒家學派的經典著作，書中記載了孔子及他部分弟子的言行，由孔子的弟子和再傳弟子收集編輯而成。

聽說孔子很有智慧，如果當時有攝錄技術錄下他講課的內容就好了！

對啊，幸好他的弟子把他的智慧良言記下，讓後世的人都可以知道。

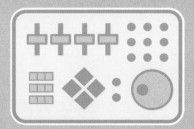

古時的讀書人是不是都讀過《論語》？

可以這樣說，特別是宋代以後，這本書和《孟子》、《大學》、《中庸》合稱「四書」，是讀書人考科舉必讀的課本。

這真是很重要的書啊！我們也不要吃虧，快去看看吧！

文文，讀《論語》不是叫人不要吃虧……你們還是好好領略「萬世師表」孔子的教誨吧！

論語四則

《論語》

子①曰：「學而時②習③之，不亦說乎④？有朋⑤自遠方來，不亦樂乎？人不知而不慍⑥，不亦君子⑦乎？」

子曰：「學而不思則罔⑧，思而不學則殆⑨。」

子曰：「溫故⑩而知新，可以為師矣。」

解讀提示

🧰 **擴詞器**：「時」擴展為「按時」。

📖 **反問句**：不亦⋯⋯乎？
（詳見第 88 頁）

📖 **一字多音**：說
（詳見第 88 頁）

🧰 **擴詞器**：
• 「溫」擴展為「溫習」。
• 「師」擴展為「老師」。

子曰：「三人⑪行，必有我師焉⑫，擇其善⑬者而從⑭之，其不善者而改之。」

解讀提示

- 替換槍：「善」是「優勝的地方」的意思。
- 擴詞器：「從」擴展為「跟從」。

注釋 ✏️

① **子**：古時對男子的尊稱，此處指孔子。

② **時**：按時。

③ **習**：有溫習和實習兩種解釋。前者指書本知識的複習；後者則偏重禮、樂、射、御各種本領的練習。這裏兩種意思兼而有之。

④ **不亦說乎**：不也很快樂嗎？「說」　粵 悅　普 yuè

⑤ **有朋**：一作「友朋」。志趣相投的同窗好友。

⑥ **慍**：生氣、埋怨。「慍」　粵 蘊³　普 yùn

⑦ **君子**：道德高尚而有學問的人。

⑧ **罔**：通「惘」，迷惑的樣子。一解為「（被）欺騙」。對書本的學問不能徹底理解。「罔」　粵 網　普 wǎng

⑨ **殆**：疑惑。對所思的問題感到迷惑、無法解決。「殆」　粵 怠　普 dài

⑩ **故**：舊的，指學過的東西。

⑪ **三人**：「三」是虛數，所謂「無三不成幾」，不是定指三個人。這裏是幾個人的意思。

⑫ **焉**：在這中間。

⑬ **善**：優點、長處。

⑭ **從**：跟從。

全面解讀

論語四則　　《論語》

孔子説：「學習並時常複習，不也很喜悦嗎？有志同道合的朋友從遠方來，不也很快樂嗎？他人不理解我，而我卻不生氣埋怨，不也是個君子嗎？」

孔子説：「只學習而不思考就會迷惘，只思考而不學習就會疑惑。」

孔子説：「温習舊知識而有新體會，可以做老師了。」

孔子説：「幾人同行，其中必有人可以作我的老師。選擇他的優點來跟從學習，他的缺點則用來反省和改正。」

這四則孔子的語錄説明進德修業應有的正確態度和方法。

孔子以上的觀點至今仍然適用，對我們深有啟發。

📖 反問句：不亦……乎？

《論語四則》一文連用了幾個相似的句子：

子曰：「學而時習之，不亦説乎？有朋自遠方來，不亦樂乎？人不知而不慍，不亦君子乎？」

「不亦……乎」是表示反問的句式，可譯為「不也……嗎」。「亦」是副詞，是「也」的意思。「乎」是語氣助詞，可譯為「嗎」。

📖 一字多音：說

「說」是個多音字，不同的讀音代表的詞性和意思有：

字音		詞性	意思
說	粵 雪　普 shuō	動詞	說明、解說
		名詞	說法、主張
	粵 歲　普 shuì	動詞	勸說、說服
	粵 悅　普 yuè	形容詞	通「悅」，快樂、喜悅

《論語四則》裏的「不亦説乎」，「說」即「快樂」，後來寫作「悅」。全句意思是：「不也很快樂嗎？」

邊喝邊聊 ♪♫

🐦 孔子教過多少學生？

趣趣博士，孔子是萬世師表，他教過多少學生？他是怎樣教學生的？

「上大人，孔乙己，化三千，七十士。」孔子誨人不倦，他教化學生，着重日常生活中的言行身教與實踐，學生多達三千之數，弟子當中有成就的至少有七十二人。

《論語》記錄了孔子「因材施教」的教育方式：子路請教孔子，他聽到一個主張後，應該馬上去實踐嗎？孔子要他先顧及家裏的父兄，不要馬上去實踐。後來弟子冉有也來請教同一問題，孔子卻要他馬上去實踐。為什麼同樣的問題，會有不同的答案呢？孔子說：「冉有退縮，所以要推動他；子路衝動，所以要減緩他。」可見孔子會因應不同學生的特性而作出提點，表現出至聖先師的教育風範。

孔子的言教學說影響至今，所教化的人數又豈止三千？

反思學習 ？？

① 你的學習方法是怎樣的？你喜歡獨自溫習還是與其他同學一起溫習呢？為什麼？

② 你會在課前預習，而且在課後複習嗎？為什麼？

③ 你身邊的同學、朋友有什麼優點或長處是值得你學習的？

實地考察

言言，怎麼一副沒精打采的樣子？

因為明天派測驗卷了，老師今天預告了大家考得不理想，有些同學更不及格。

原來如此！如果同學平日上課肯留心聽講，測驗應該不會不及格吧？

你說得也對，不過有些同學說他們在測驗前已整天捧着課本，把每一頁都仔細看了，但知識就是沒法讀進腦子裏。

 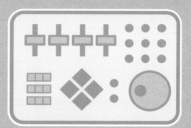

我有時覺得課本裏的知識像一隻隻蝴蝶圍着我團團轉，然後向遠處飛走了，就是不肯飛過來。

看來大家的讀書方法都有需要改進的地方，不如請教一下朱熹老師！

？？

朱熹老師？我們學校有這位老師嗎？還是哪裏的補習名師？

朱熹老師是南宋時代的大學問家，他不但有很高的文學修養，還對哲學思想很有研究，對古代文化典籍重新作了系統的整理和解釋，對文化承傳有很大的貢獻。這次的任務就是破解他的讀書心得，對你們一定很有益處！快去看看吧！

熟讀精思

朱熹

凡讀書，須整頓几案①，令潔淨端正，將書冊齊整頓放②，正③身體，對書冊，詳緩④看字，仔細分明讀之。須要讀得字字響亮，不可誤一字，不可少一字，不可多一字，不可倒⑤一字，不可牽強⑥暗記⑦，只是要多誦數遍，自然上口⑧，久遠不忘。古人云：「讀書千遍，其義自見⑨。」謂讀得熟，則不待解説⑩，自

解讀提示

🗃 保留噴霧：讀書、整頓，翻譯時保留這些詞語。

🗃 擴詞器：「誦」擴展為「誦讀」。

曉其義也。余嘗謂，讀書有三到，謂心到、眼到、口到。心不在此，則眼不看仔細，心眼既不專一，卻只漫浪⑪誦讀，決不能記，記亦不能久也。三到之中，心到最急⑫。心既到矣，眼口豈不到乎？

解讀提示

📦 **替換槍**：「余」是人稱代詞「我」的意思。

📖 **文言時間詞**：嘗（詳見第 96 頁）

📖 **文言時間詞**：既（詳見第 96 頁）

📖 **反問句**：豈……乎？（詳見第 96 頁）

注釋 ✏️

① **几案**：桌子。「几」 粵 基 普 jī

② **頓放**：擺放。

③ **正**：用作動詞，使（身體）端正不偏斜。

④ **詳緩**：審慎緩慢。

⑤ **倒**：顛倒。

⑥ **牽強**：勉強。

⑦ **暗記**：暗暗地記誦。

⑧ **上口**：指誦讀詩文等純熟時，能順口而出。

⑨ **見**：「現」的使動詞，顯現。「見」 粵 現 普 xiàn

⑩ **解說**：注解說明。

⑪ **漫浪**：隨便散漫。

⑫ **急**：急切需要，這裏指要緊。

全面解讀

熟讀精思　　朱熹

　　凡是讀書，必須先整頓好讀書用的桌子，使桌子潔淨端正，把書冊整整齊齊地放在桌子上，讓身體坐正，面對書冊，審慎緩慢地看清書上的文字，仔細清楚地朗讀文章。必須要讀得每個字都很響亮，不可以讀錯一個字，不可以少讀一個字，不可以多讀一個字，不可以讀顛倒一個字，不可以勉強硬記，只要多讀幾遍，就自然而然順口而出，即使時間久了也不會忘記。古人說：「讀書的遍數多了，它的道理自然顯現出來。」所謂書讀得熟了，就是不依靠別人解釋說明，自然就會明白它的道理了。我曾經說過，讀書有三到，叫做心到、眼到、口到。心思不在書本上，那麼眼睛就不會仔細看，心和眼既然不專心一意，只是隨隨便便地讀，就一定不能記住，即使記住了也不能長久。三到之中，心到最要緊。心已經到了，眼和口難道會不到嗎？

大學問家朱熹論述了讀書的方法，點明讀書必須心無旁騖，眼、口、心三到，熟讀書本，方能明白書中的道理。

95

📖 文言時間詞：嘗、既

文言文裏面有為數不少的時間副詞，包括以下兩類：

時間副詞	意思
曾、嘗	曾經
既、業、已	已經

例如《熟讀精思》一文中，「余嘗謂，讀書有三到」，「嘗」是「曾經」的意思，全句指「我曾經說過，讀書有三到」。

又如「心既到矣，眼口豈不到乎？」這裏的「既」即「已經」，全句指：「心已經到了，眼口難道會不到嗎？」

多留意文言時間副詞，對解讀文章更有幫助！

📖 反問句：豈……乎？

《熟讀精思》一文中的「心既到矣，眼口豈不到乎？」運用了反問句式「豈……乎」。在文言文中，「豈」是副詞，可譯作「難道」、「哪裏」，表示反問語氣。「乎」是語氣助詞，可譯為「嗎」。

「豈」是文言常用詞，請好好記下！

邊喝邊聊

🐦 古人讀書時為什麼要搖頭晃腦？

古人讀書時為什麼要搖頭晃腦？

　　古人稱讀書為誦讀，也叫吟誦，讀書時聲音要抑揚頓挫。古時還沒有標點符號，所以人們讀書時就晃頭晃腦，用肢體的擺動增強節奏感，使自己更易投入，也便於斷句和積累長期的記憶，使學習更有成效。

　　此外，古代的書籍字序是從右向左、由上而下的，唸書時頭部很自然地來回晃動，形成搖頭晃腦的動作。

　　由於古代人們要熟讀經典考取功名，因此對於記憶章句十分重視，搖頭晃腦可算是早期的記憶法。

反思學習 ??

1. 你平日上課和做功課時能夠專心嗎？專心的時候多，還是散漫的時候多？為什麼？

2. 你覺得專心上課和課後溫習有什麼好處？

3. 你做功課和溫習時能做到眼到、口到、心到嗎？讀過本文後，你會怎樣改進？

4. 除了眼到、口到、心到，你認為讀書還需要手到和耳到嗎？為什麼？

任務總結三

　　我們順利完成了任務 8-9，現在一起重溫內容，總結一下學習的成果。大家預備好就開始吧！

內容理解力

《論語四則》

1. 以下哪一項**不符合**文章內容？

　　◯ A. 學習和複習是樂事。

　　◯ B. 只學習而不思考就會驕傲。

　　◯ C. 只思考而不學習就會疑惑。

　　◯ D. 即使他人不理解自己，也不用生氣。

2. 溫習舊知識有什麼好處？

　　◯ A. 可以做老師了。

　　◯ B. 不會再感到疑惑。

　　◯ C. 對知識有新的領會。

　　◯ D. 可以改正從前的錯處。

3. 我們要如何看待朋友的缺點？

　　◯ A. 視而不見。　　　　◯ B. 視作平常。

　　◯ C. 勸他認錯和改過。　◯ D. 用來自我反省和改正。

《熟讀精思》

1. 以下哪一項**不符合**作者的主張？

   ◯ A. 讓身體坐正，面對書冊。

   ◯ B. 要清楚響亮地朗讀文章。

   ◯ C. 把書冊整齊地放在桌子上。

   ◯ D. 要快速地瀏覽書上的文字。

2. 古人認為把書多讀數遍有什麼好處？

   ◯ A. 有助建立長期記憶。

   ◯ B. 能節省讀書的時間。

   ◯ C. 能更明白書中的道理。

   ◯ D. 能訓練誦讀的流暢度。

3. 為什麼三到之中，心到最要緊？

   ◯ A. 因為眼到並不能理解文章。

   ◯ B. 因為口到只能訓練誦讀速度。

   ◯ C. 因為心到就能牢牢記住知識。

   ◯ D. 因為只有眼到和口到對讀書沒有幫助。

文言解讀力

以下句子中方框內的紅色字是什麼意思？

1. 學而時習之，不亦 說 乎？（《論語四則》）

   ◯ A. 勤奮　　　◯ B. 喜悦　　　◯ C. 堅持

2. 學而不思則 囯 ，思而不學則殆。 （《論語四則》）
 ○ A. 生氣　　　○ B. 迷惘　　　○ C. 衝動

3. 學而不思則罔，思而不學則 殆 。 （《論語四則》）
 ○ A. 懶散　　　○ B. 衝動　　　○ C. 疑惑

4. 凡讀書，須整頓 几案 。 （《熟讀精思》）
 ○ A. 文具　　　○ B. 書房　　　○ C. 書桌

5. 不可多一字，不可 倒 一字。 （《熟讀精思》）
 ○ A. 勉強　　　○ B. 顛倒　　　○ C. 讀錯

6. 不可 牽強 暗記。 （《熟讀精思》）
 ○ A. 勉強　　　○ B. 散漫　　　○ C. 顛倒

自我評估

　　這次任務順利完成，大家解讀文言文的能力增強了嗎？能學到古人的智慧嗎？試給自己評分，把星星塗滿。（3 顆＝能夠掌握；2 顆＝初步掌握；1 顆＝仍需努力）

❶ 我明白「說」有不同讀音和意思。 ┈┈┈┈ ☆ ☆ ☆

❷ 我知道「乎」的意思。 ┈┈┈┈┈┈┈┈ ☆ ☆ ☆

❸ 我知道「豈」能表示反問語氣。 ┈┈┈┈ ☆ ☆ ☆

❹ 我初步認識文言時間詞。 ┈┈┈┈┈┈ ☆ ☆ ☆

❺ 我會常常溫習學過的知識和道理。 ┈┈ ☆ ☆ ☆

❻ 我讀書時會保持正確姿勢，並會眼到、口到、心到。 ☆ ☆ ☆

第四章

古人的生活

任務 10 白雪紛紛何所似

劉義慶
《世說新語》

實地考察

文文，你在看什麼書啊？看得這樣出神？

趣趣博士，我在看小說啊！這是近期學生爭相追看的小說。

你知道嗎？古代人也很喜歡看小說。這次的任務是破解《世說新語》的《白雪紛紛何所似》。《世說新語》是一本筆記小說集。

筆記和小說我都知道是什麼，可它們合起來又會是什麼呢？

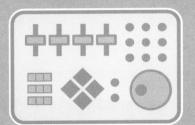

筆記小說是一種筆記式的短篇故事。篇幅短小、內容題材廣泛，包括天文地理、風俗民情、鬼怪神仙、笑話奇談等。

趣趣博士，這篇《白雪紛紛何所似》是不是說天文氣候的呢？

我先賣個關子吧！待會兒你就知道。

那麼《世說新語》的作者是那種整天躲在書房、被編輯追稿的小說家嗎？

哈，作者劉義慶是南宋武帝劉裕的姪子，他愛好文學，門下招聚了一批在當時負有盛名的文士。《世說新語》便是劉義慶與他的門客共同編纂而成的。我們帶上法寶過去看看吧！

白雪紛紛何所似

劉義慶《世說新語》

謝太傅①寒雪日內集②，與兒女③講論文義。俄而雪驟④，公欣然曰：「白雪紛紛何所似⑤？」兄子胡兒⑥曰：「撒鹽空中差⑦可擬。」兄女⑧曰：「未若⑨柳絮因風起。」公大笑樂。

解讀提示

🎁 **替換槍：**「兒女」是「後輩」的意思。

🎁 **擴詞器：**「文義」擴展為「文章義理」。

🎁 **替換槍：**「俄而」是「一會兒」的意思。

🎁 **擴詞器：**「擬」擴展為「比擬」。

📖 **一詞多義：**因（詳見第 107 頁）

注釋 🖊

① **謝太傅**：謝安，東晉著名的政治家，死後獲贈號太傅，因此後世稱他為謝太傅。

② **內集**：家庭聚會。

③ **兒女**：指家族內的後輩，不單指自己的兒子、女兒。

④ **雪驟**：驟，急速。雪驟指大雪紛飛。

⑤ **何所似**：像什麼。

⑥ **胡兒**：謝安之兄謝據的長子謝朗，小名胡兒。

⑦ **差**：差不多，大略。

⑧ **兄女**：謝安長兄謝弈的女兒謝道韞，是古代著名的才女。

⑨ **未若**：不如，比不上。

全面解讀

白雪紛紛何所似　　　劉義慶《世說新語》

　　謝安在寒冷的雪天舉行家庭聚會，與後輩談論寫詩作文的道理。不一會兒，大雪紛飛，謝安高興地說：「這紛紛揚揚的白雪像什麼呢？」姪子胡兒說：「把鹽撒向空中，大致可以比擬。」姪女道韞說：「不如說成是柳絮隨風飄起。」謝安聽後哈哈大笑，十分高興。

古人的家庭樂真有趣，長輩和晚輩都在吟詩詠雪！

謝道韞才思敏捷，教人讚不絕口，不愧為才女！

📖 一詞多義：因

「因」在文言文裏是個常用詞，身兼多種詞性和意思：

	詞性	意思
因	動詞	依照、根據、憑藉、順應、遵循
	名詞	原因、機會
	介詞	由於、趁着、根據、憑藉
	副詞	就
	連詞	因此、於是

看看《白雪紛紛何所似》一文中「因」的用法：

> 未若柳絮因風起。

句中的「因」是「憑藉、隨着」的意思。全句意思是：「不如說成是柳絮隨風飄起。」

「因」在文言文裏常常出現，而且意思多樣，我們要特別留意啊！

未若花瓣因風起。

你在模仿才女嗎？

邊喝邊聊

🐦 古人用什麼方法來抵禦寒冷呢？

古代沒有暖氣，在嚴寒的天氣下，寒氣入骨，他們用什麼方法來抵禦寒冷呢？

最古老的禦寒方式是穿獸皮，漢字裏很早就出現了「裘」字，專指獸皮衣服。

後來，人們又發明了幾種「禦寒神器」：

手爐是冬天暖手用的小爐，多為銅製。既可以捧在手上，又可放近衣袖，所以又名「捧爐」、「袖爐」。

湯婆子是用銅或錫製成的扁形瓶，宋代時已有人採用，它又稱「錫夫人」、「腳婆」，近似於後世的暖水袋。

古人還用炭盆取暖，不過，在室內燒炭取暖會導致一氧化碳中毒，這是近代人的常識，古人並不知曉，只是傳統的建房方式使他們逃過大難！各位讀者千萬不要模仿啊！

反思學習

1. 你見過下雪的情景嗎？你覺得飄雪像什麼呢？

2. 日常生活中，哪些活動或時節可讓你和家人、親戚聚在一起聊天？你們會談些什麼？

3. 如果我們要像謝道韞那樣擁有豐富的想像力，應該怎樣培養這方面的能力呢？

實地考察

文文，趣趣博士，我昨天看到一則新聞，內容可說是一個勵志的故事。一個中學生與多名家人一起住在狹小的房間裏，生活和學習都很不便。可他沒有因為居住環境不佳而自暴自棄，還在公開考試中取得佳績，成功入讀大學。

真是苦讀成材啊！他的家那樣狹小，那個學生如何溫習和做功課？

放學後，他會在小小的飯桌上做功課，到吃飯時就要讓出桌子。晚飯後，家裏的飯桌要收起來，騰出空間睡覺，他就在雙層牀的上層架起小桌子溫習。

古人也有相同的想法，居室雖小，卻能怡然自得地讀書。這個星期我們來到唐代，一起看看劉禹錫的《陋室銘》，聽聽他如何歌頌他那簡陋的書室。

陋室銘

劉禹錫

山不在高，有仙則名①，
水不在深，有龍則靈②。斯
是陋室，唯③吾德馨④。苔痕
上階綠⑤，草色入簾青⑥。談

解讀提示

📖 **對偶**：山不在高，
有仙則名，水不在
深，有龍則靈。
（詳見第 114 頁）

🗝 **擴詞器**：「名」擴
展為「聞名」。

📖 **指示代詞**：斯是
（詳見第 115 頁）

笑有鴻儒⑦，往來無白丁⑧。可以調素琴⑨，閱金經⑩。無絲竹之亂耳⑪，無案牘之勞形⑫。南陽諸葛廬⑬，西蜀子雲亭⑭。孔子云：「何陋之有⑮？」

解讀提示

替換槍：
- 「調」是「撫弄」的意思。
- 「素」是「無雕飾」的意思。

保留噴霧： 南陽、西蜀，翻譯時保留這些詞語。

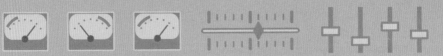

注釋

① **有仙則名**：有仙人居留便名聞遠方。

② **有龍則靈**：有蛟龍潛藏就有靈氣。

③ **唯**：只因為。

④ **馨**：能散布到遠處的香氣。《左傳·僖公五年》：「黍稷非馨，明德惟馨」，以香氣比喻美好的德行。

⑤ **苔痕上階綠**：青苔長到台階上去，使台階都綠了。

⑥ **草色入簾青**：青青的草色穿過竹簾映入室內。

⑦ **鴻儒**：學識淵博的學者。

⑧ **白丁**：無官職的平民百姓，這裏指沒有文化修養的人。唐代服色，以黃赤色為最高貴，紅紫為上等，藍綠次之，黑褐最低，白色則為無官職者所服。

⑨ **調素琴**：彈奏不加雕飾、樸素無華的琴。

⑩ **金經**：用一種叫「泥金」的金色顏料書寫的佛經。

⑪ **無絲竹之亂耳**：絲，指絃樂器。竹，指管樂器。絲竹合起來泛指音樂。全句指沒有嘈雜的音樂擾亂聽覺。

⑫ **無案牘之勞形**：案牘，指官場文書。勞形，使身體勞苦。全句指沒有繁忙的公務傷神勞身。「牘」　粵 讀　普 dú

⑬ **南陽諸葛廬**：指三國時期政治家諸葛亮，未出山前隱居的南陽草廬。

⑭ **西蜀子雲亭**：西漢文學家揚雄，字子雲，在蜀郡成都所建的「草玄堂」。

⑮ **何陋之有**：有什麼簡陋不簡陋呢？語出《論語·子罕》：「君子居之，何陋之有？」

全面解讀

陋室銘　　劉禹錫

山不在於高，有仙人居留便名聞遠方。水不在於深，有了蛟龍潛藏就有靈氣。這是簡陋的房子，只是因為我（住屋的人）品德好（就感覺不到簡陋了）。碧綠的青苔長到台階上去了；草色青蔥，穿過竹簾映入室內。到這裏和我談笑的都是知識淵博的大學者，與我交往的沒有知識淺薄的人。在這裏可以彈奏樸素的古琴，閱讀佛經。沒有奏樂的聲音擾亂雙耳，沒有官府的公文使身體勞累。南陽有諸葛亮的草廬，西蜀有揚子雲的亭子。孔子説：「有什麼簡陋不簡陋呢？」

作者的書房雖然簡陋，但他卻心滿意足！

作者通過對陋室的描寫，表現了自己潔身自好、孤芳自賞，不與世俗權貴同流合污的想法。

📖 對偶

　　對偶是一種修辭方法。兩個文句成雙成對地使用，不但字數相等，結構、詞性也大體相同，並且意思相關。這種對稱的語言方式，構成表達形式上的整齊和諧，內容上也相互映襯，具有獨特的藝術效果。

　　文言文講究表達形式上的整齊，營造節奏感以及內容的諧和，因此常會運用對偶手法創作。就如《陋室銘》一文中：

> 山不在高，有仙則名，水不在深，有龍則靈。

　　上述句子運用了對偶，前兩個分句與後兩個分句相對，前後兩部分句式也很相近，都用了「……不在……，有……則……」。而且，句中所用的詞語也是相對的，「山」對「水」（都是名詞），「高」對「深」（都是形容詞），「仙」對「龍」（都是名詞），「名」對「靈」（都是形容詞）。

　　考考你，試在《陋室銘》中找出更多的對偶句子。

（答案見第 143 頁）

孔子也愛對偶，「學而不思則罔，思而不學則殆。」

📖 指示代詞

指示代詞是用來指示或區別人、物或事的代詞，以下是文言文裏常見的指示代詞：

指示代詞	意思
此、是、斯、之	這個、這裏、這樣
彼、其、可	那個

《陋室銘》裏面，「斯是陋室，唯吾德馨」一句中的「斯」、「是」都是指示代詞，無論單用或連用，都解作「這」。

我的同學最喜歡喝珍珠奶茶，每天都要喝一杯，她說會一生一世都愛它。

此一時，彼一時，世上沒有一成不變的事，到她長大或者喝膩了，就會喜歡上別的事物。

說得真有道理，趁我現在對草莓奶昔還沒感到厭倦，要好好多喝幾杯！

邊喝邊聊

🐦 古代書房的陳設是怎樣的？

> 看過《陋室銘》，就明白「室雅何需大」的道理了！

在古代，書房是文人的理想生活小天地，不但可以在裏頭讀書、寫文章，還可以吟詩、作畫、彈琴、下棋等，因此文人都很重視書房的陳設。書房裏固然有桌椅、書架和文房四寶，還會放置盆栽甚至古玩等，務求營造一個清靜雅致的環境。

《陋室銘》中，劉禹錫雖只有一間簡陋的書房，但怡然自得。明代的歸有光，在青少年時代曾在一間名叫「項脊軒」的窄小書齋讀書。他很重視這個地方，既修葺了滲水的屋頂，又加開窗戶，讓更多的陽光透進來，把那裏變成讀書的理想地方。

反思學習

1. 你理想中做功課和看書的環境是怎樣的？
2. 你家的內外環境是怎樣的？這個家居給你什感覺？
3. 如果家居狹小，如何令居室環境保持幽雅潔淨？
4. 讀完這篇文章後，你會追求更好的物質生活，還是努力求學及改善品德呢？為什麼？

實地考察

趣趣博士，文文，我有一個謎語，考考你們吧！謎面是「脫了紅袍子，是個白胖子，去了白胖子，剩個黑丸子」，猜一種水果。

紅皮、白肉的水果……是水蜜桃嗎？

我猜是荔枝，對嗎？我前兩天才吃過荔枝，真教人回味！

文文猜對了！紅皮、白肉而且有黑核，不就是荔枝嘛！

哎呀，怎麼以我的聰明才智會想不到呢？說起來，我也好想吃荔枝啊！原來古人同樣鍾愛荔枝，我們一起解讀唐代大文學家白居易的《荔枝圖序》吧！

荔枝圖序

白居易

荔枝生巴峽間①，樹形團團如帷蓋②。葉如桂③，冬青。華如橘④，春榮⑤。實如丹⑥，夏熟。朵⑦如葡萄，核如枇杷，殼如紅繒⑧，膜如紫綃⑨。瓤肉瑩白⑩如冰雪，漿液甘酸如醴酪⑪。大略如彼⑫，其實過之⑬。若離本枝，一日而色變，二日而香變，三日而味變；四五日外，色香味盡去矣⑭。元和十五年

解讀提示

📦 保留噴霧：荔枝，翻譯時保留此詞。

📦 擴詞器：「冬青」擴展為「冬天青綠」。

📖 古今義：華、榮（詳見第 122 頁）

📦 擴詞器：「過」擴展為「超過」。

📦 替換槍：
- 「盡」是「全部」的意思。
- 「去」是「消失」的意思。

📦 保留噴霧：元和十五年，翻譯時保留此詞。

夏、南賓守樂天⑮命工吏圖而書之⑯，蓋為不識者與識而不及一二三日者云⑰。

解讀提示

🎁 替換槍：
- 「圖」指「繪畫」。
- 「書」指「題字」。

📖 一詞多義：蓋
（詳見第 122 頁）

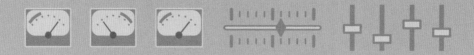

注釋 🖊

① **巴峽間**：指今長江三峽一帶。

② **團團如帷蓋**：樹的外形圓圓的，好像車上的帳幔。

③ **桂**：這裏指桂樹的葉子。桂葉呈橢圓形，葉邊全部或上半部疏生細鋸齒。

④ **華如橘**：華，古文通「花」。「橘」俗作「桔」。橘樹春夏開白色花。全句指花長得像橘樹的花。「華」　粵 花　普 huā

⑤ **榮**：秦漢之前榮字解花朵，這裏是開花的意思。

⑥ **實如丹**：果實的顏色好像朱砂那樣紅。

⑦ **朵**：成簇的果實。

⑧ **繒**：絲織品的總稱。「繒」　粵 增　普 zēng

⑨ **綃**：用生絲織成的絲織品。「綃」　粵 消　普 xiāo

⑩ **瓤肉瑩白**：瓤，果肉。果肉晶瑩潔白。「瓤」　粵 囊　普 ráng

⑪ **漿液甘酸如醴酪**：果汁甜酸，好像甜酒和奶酪的味道。「醴」　粵 禮　普 lǐ

⑫ **大略如彼**：大概如上所説的各樣東西。

⑬ **其實過之**：它實際上比上面所説的還要好。

⑭ **盡去矣**：全都沒有了。

⑮ **南賓守樂天**：南賓郡太守白居易（字樂天）。

⑯ **命工吏圖而書之**：讓掌管書畫的小吏畫下荔枝的樣子並寫下這段文字。

⑰ **蓋為不識者與識而不及一二三日者云**：為了給那些沒有見過荔枝，以及雖見過但不是在頭三天內見到的人看的。

全面解讀

荔枝圖序　　白居易

荔枝生長在長江三峽一帶，樹形圓圓的，像古時車上的帳幔。葉子像桂樹的葉，冬天也呈青綠色。花朵長得像橘樹的花，春天盛開。果實的顏色好像朱砂那樣紅，夏天成熟。果子一簇簇的，如葡萄一般。荔枝的果核跟枇杷的十分相似，外殼像紅色的絲織品，果肉外包着一層薄膜，像紫色的絲織品。果肉晶瑩潔白，有如冰雪一般，它的汁液又甜又酸，就像甜酒和奶酪的味道。它大約像上邊說的東西那樣，但實際上比它們還要好。荔枝如果被採摘下來，一天之內顏色就變了，兩天之後香味會漸減去，第三天連味道也不同了。四五天之後，它特有的色、香、味完全消失了。元和十五年（公元 820 年）夏天，南賓郡太守白居易讓掌管書畫的小吏畫下荔枝的樣子，並題寫這段文字，是為了給那些沒有見過荔枝的人，以及雖見過荔枝但不是在頭三天內見到的人，作一介紹。

白居易想得真周到，圖文並茂地介紹美味可口的荔枝！

文言要識 ♥

📖 古今義：華、榮

在文言文裏面，有些詞語的意義在現代漢語中已不再使用。例如《荔枝圖序》裏的「華如橘，春榮」一句，「華」是「花」的古字，本義是花朵。文中「華如橘」用的正是本義。

「榮」的本義為桐木，秦漢之前榮字解花朵。文中的「榮」正是指花朵，「春榮」是「春天開花」的意思。後來從花朵盛開的景象引申為表示盛多、華美、繁榮、光榮等義。

📖 一詞多義：蓋

在文言文裏面，「蓋」常見有以下用法：

	詞性	意思
	名詞	用草編的覆蓋物，引申為器物的蓋子
蓋	動詞	遮蓋，掩蓋
	助詞	用於句首，表示要說明原因或發表議論

例如《荔枝圖序》一文中，「蓋為不識者與識而不及一二三日者云」，「蓋」用在句首，表示說明原因。「云」是句末語氣詞，表示敘述完畢。

邊喝邊聊

誰會一天吃三百顆荔枝？

古代名人中，誰愛吃荔枝？

　　古代的皇帝、后妃、高官、名士中，很多都愛吃荔枝。

　　唐代楊貴妃愛吃荔枝，詩人李牧寫過「一騎紅塵妃子笑，無人知是荔枝來」。從嶺南到長安，路途遙遠，要趕在荔枝變質前送到唐玄宗與楊貴妃手裏，真是難事一樁！官員於是把新鮮摘下的荔枝，不去枝葉，裝在竹筒裏，不分日夜地趕路，務求盡快送到宮中。此舉不知累透了多少人馬呢！

　　宋代的大文豪蘇軾是著名的美食家，他很愛吃荔枝，更寫下「日啖荔枝三百顆，不辭長作嶺南人」的名句。

　　清代雍正皇帝也愛吃荔枝，當時的閩浙總督滿保為了保持荔枝新鮮，先在桶裏種植一些小荔枝樹。等到四月開花結果後，就馬上載船由水路運送，趕在六月初荔枝成熟時到達京城。

反思學習

1. 你喜歡吃荔枝嗎？為什麼？試描述一下你吃荔枝時的感受。

2. 你曾到果園採摘荔枝嗎？有什麼感受？

3. 用你的想像力，描述一下荔枝的外形。嘗試多用比喻，可令描述更具體、傳神。

實地考察

我們這個星期的任務是解讀一篇叫《浙江之潮》的文章。

趣趣博士，什麼是浙江之潮？是在浙江發生的嗎？

言言，浙江之潮是指錢塘江的大潮。錢塘江古稱浙江，流經安徽省和浙江省。錢塘江大潮的時候，潮水洶湧澎湃，是天下難得的雄偉景觀，有「天下第一潮」的美譽。

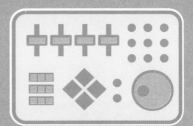

錢塘江的潮水每天都這麼澎湃嗎？

文文，要觀看壯觀的潮水就要選對時機，每年農曆八月十六日至十八日，是錢塘江觀潮的最好時機。

那麼《浙江之潮》這篇文章描述的就是在這段時間看到的浪潮嗎？

對啊，我們好好追隨南宋著名詞人周密的步伐，一起感受壯麗的風光吧！

浙江①之潮

周密《武林舊事》

浙江之潮，天下之偉觀也。自既望②以至十八日為最盛。方其遠出海門③，僅如銀線④，既而漸近⑤，則玉城雪嶺⑥，際天而來⑦，大聲如雷霆，震撼激射⑧，吞天沃日⑨，勢極雄豪。楊誠齋⑩詩云：「海湧銀為郭⑪，江橫玉繫腰⑫」者是也。

解讀提示

📦 **擴詞器：**
- 「偉觀」擴展為「雄偉的景觀」。
- 「盛」擴展為「盛大」。

📦 **替換槍：**「方」是「當……的時候」、「正值」的意思。

📖 **文言詞匯：既**（詳見第129頁）

📦 **替換槍：**「際」是「連接」的意思。

📖 **文言虛詞：者**（詳見第130頁）

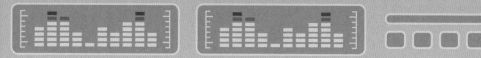

注釋 ✏️

① **浙江**：即錢塘江。

② **既望**：農曆每月十六日。

③ **方其遠出海門**：海門是為錢塘江入海口，海水從這裏倒灌入江。當它（潮水）遠遠從海門湧出的時候。

④ **僅如銀線**：僅僅像一條銀色的線。

⑤ **既而漸近**：過了一會兒，（潮水）漸漸靠近。

⑥ **玉城雪嶺**：此語用城、嶺比喻潮水的壯偉；用玉、雪比喻潮水的顏色潔白。

⑦ **際天而來**：潮水從天邊奔湧而來。

⑧ **震撼激射**：形容潮聲巨大，震撼天地；潮勢洶湧，激射出既高且大的浪濤。

⑨ **吞天沃日**：沃，澆灌，這裏引申為淹沒。形容潮勢兇猛，像要淹沒天日。

⑩ **楊誠齋**：南宋詩人楊萬里（號誠齋）。

⑪ **海湧銀為郭**：郭，外城，這裏泛指城。海水洶湧，就像堆起銀光閃閃的城郭。

⑫ **江橫玉繫腰**：潮水升起，翻起雪白的浪頭，就像給錢塘江繫上了一條白玉製成的腰帶。

浙江之潮　　周密《武林舊事》

錢塘江的潮漲，是天下雄偉的景觀。從農曆的十六日到十八日是潮水最盛大的時候。當潮水從海門湧出來的時候，僅僅像一根銀色的絲線。過了一會兒，潮水漸漸靠近，（越堆越高，）就像白玉造的城牆和積雪的山嶺一樣，從水天交接處洶湧而來。它的聲音大得像轟轟的雷鳴，震動搖撼着大地；它的來勢洶洶，沖噴激射出一股股浪花，像是要遮蔽天空，淹沒太陽一般，氣勢極為雄壯。南宋詩人楊萬里曾經有詩句描寫道：「潮水升起，就像堆起銀光閃閃的城郭；翻滾着雪白浪花的浪頭，就像給錢塘江繫上了一條白玉製成的腰帶」就是這個樣子。

文章把浙江之潮的壯麗氣勢，逼真地表現出來，使讀者有親臨其境的感覺。

不如我們找一次中秋節之後一起去錢塘江看大潮吧！

📖 文言詞匯：既

在任務 9《熟讀精思》（第 96 頁）裏面，我們已學過「既」在文言文中可作為時間副詞，表示「已經」的意思。

此外，「既」還有以下常見的用法：

	詞性	意思
既	副詞	1. 後來、不久 2. 全、都 3. 就、便
	連詞	既然
	動詞	完結

《浙江之潮》一文中，「既而漸近」的「既而」是「不久」的意思。

另外，「既望」指農曆每月十六日。農曆十五日稱「望」，次日稱「既望」。文中指每年農曆八月十六日至十八日，是錢塘江觀潮的最好時機。

一言既出，駟馬難追。一句話說出了口，就不能再收回，即使由四匹馬拉的車子也難以追上，不能反悔啊！

📖 文言虛詞：者

文言文裏的「者」字可指人、事或物，例如指代「人」的時候，可譯為「的人」，也可簡化為「的」。又可用在主語的後面，表示停頓、判斷的語氣。

例如《浙江之潮》一文中：

> 楊誠齋詩云：「海湧銀為郭，江橫玉繫腰」者是也。

這裏的「者是也」相當於「就是這個樣子」。

子曰：「學而不思則罔，思而不學則殆」者是也。

文文，你在說誰？

哈哈，不告訴你，你猜猜看！

邊喝邊聊 ♪♫

🐦 錢塘江大潮是怎樣形成的？

> 錢塘江大潮由古至今都那麼強勁壯觀，究竟是怎樣形成的？

錢塘江大潮的形成，主要在於錢塘江口獨特的地理條件。

首先，錢塘江入海必經杭州灣，杭州灣呈喇叭形，口大肚小，當大量潮水急劇湧進狹淺的河道裏，便造成一個接一個的浪潮。

其次，江口的地形造成倒灌現象。潮水湧進河道後遇到強大阻力，前浪未完，後浪又上，波浪推着波浪，潮水奔騰咆哮，排山倒海般洶湧而來。

最後，大潮與月亮和太陽引力有關。每逢農曆初一和十五，尤其是春分和秋分，太陽、月亮和地球差不多在一條直線上，引潮力巨大，使海水大漲大落。

錢塘江大潮就在這天時地利的條件下形成。

反思學習 ❓❓

❶ 你到過錢塘江觀潮嗎？當時情況是怎樣的？有什麼感受？

❷ 你看完這篇文章後，你希望到錢塘江觀潮嗎？為什麼？

❸ 海、河或江水漲退的時候是怎樣的？試簡單描述一下。

任務總結四

　　我們順利完成了任務 10 - 13，現在一起重温內容，總結一下學習的成果。大家預備好就開始吧！

內容理解力

《白雪紛紛何所似》

1. 謝安舉行了怎樣的家庭聚會？
   ○ A. 運動競技
   ○ B. 下棋比賽
   ○ C. 討論詩文
   ○ D. 飲酒賞花

2. 以下哪一項符合故事內容？
   ○ A. 故事發生時下起了暴風雨。
   ○ B. 謝安認為姪兒胡兒愚蠢平庸。
   ○ C. 謝安認為姪女道韞才思敏捷。
   ○ D. 謝安的兒子説白雪像撒向空中的鹽。

3. 「未若柳絮因風起」運用了哪一種修辭手法？
   ○ A. 明喻　　　　　○ B. 暗喻
   ○ C. 借喻　　　　　○ D. 誇張

《陋室銘》

1. 以下哪一項**不符合**文章內容？

⃝ A. 作者的書房位於高山上。

⃝ B. 作者喜愛彈琴、讀佛經。

⃝ C. 作者不覺得自己的書房簡陋。

⃝ D. 作者不愛和知識淺薄的人交往。

2. 作者認為自己是怎樣的人？

⃝ A. 孤僻封閉　　　　⃝ B. 知識淺薄

⃝ C. 學問淵博　　　　⃝ D. 潔身自好

3. 作者**最不想**做以下哪件事情？

⃝ A. 和知識淺薄的人交往。

⃝ B. 為建豪華居室而工作。

⃝ C. 與世俗權貴同流合污。

⃝ D. 與江湖名士交流心得。

《荔枝圖序》

1. 作者把荔枝樹比喻作什麼？

⃝ A. 雨傘

⃝ B. 蘑菇

⃝ C. 車上的帳幔

⃝ D. 綠色的絲織品

2. 作者用紫色的絲織品比喻荔枝的哪一部分？

　　○ A. 花　　　　　　○ B. 果核

　　○ C. 果實　　　　　○ D. 果肉外的薄膜

3. 作者為什麼要寫這篇文章？

　　○ A. 因為要教人保存荔枝的方法。

　　○ B. 因為要給沒有見過荔枝的人看。

　　○ C. 因為要給沒吃過荔枝的母親看。

　　○ D. 因為要向皇帝介紹荔枝的特點。

《浙江之潮》

1. 錢塘江潮水在哪天最盛大洶湧？

　　○ A. 農曆每月一日

　　○ B. 農曆每月六日

　　○ C. 農曆每月十五日

　　○ D. 農曆每月十六日

2. 作者用玉城雪嶺比喻什麼？

　　○ A. 潮水的顏色潔白。

　　○ B. 江邊城樓顏色潔白。

　　○ C. 潮水激起層層浪花。

　　○ D. 潮水漸漸靠近的動態。

3. 「江橫玉繫腰」運用了哪一種修辭手法？

  ○ A. 誇張

  ○ B. 擬人

  ○ C. 比喻

  ○ D. 擬物

文言解讀力

以下句子中方框內的紅色字詞是什麼意思？

1. 俄而雪 驟 。（《白雪紛紛何所似》）

  ○ A. 橫飛　　　　　○ B. 急速　　　　　○ C. 細密

2. 撒鹽空中 差 可擬。（《白雪紛紛何所似》）

  ○ A. 差勁　　　　　○ B. 大約　　　　　○ C. 比不上

3. 無 絲竹 之亂耳。（《陋室銘》）

  ○ A. 炮竹聲　　　　○ B. 風聲　　　　　○ C. 音樂

4. 無 案牘 之勞形。（《陋室銘》）

  ○ A. 眾多的書本

  ○ B. 繁忙的農事

  ○ C. 繁忙的公務

5. 殼如紅 繒 ，膜如紫綃。（《荔枝圖序》）

  ○ A. 絲織品　　　　○ B. 貝類　　　　　○ C. 瑪瑙

6. 南賓守樂天命工吏圖而 書 之。（《荔枝圖序》）

　　○ A. 繪畫　　　　○ B. 題字　　　　○ C. 創作

7. 方 其遠出海門。（《浙江之潮》）

　　○ A. 已經　　　　○ B. 正值　　　　○ C. 忽然

8. 吞天 沃 日。（《浙江之潮》）

　　○ A. 淹沒　　　　○ B. 照耀　　　　○ C. 噴射

自我評估

　　這次任務順利完成，大家解讀文言文的能力增強了嗎？能學到古人的智慧嗎？試給自己評分，把星星塗滿。（3 顆＝能夠掌握；2 顆＝初步掌握；1 顆＝仍需努力）

❶ 我明白「因」、「蓋」的不同意思。 ⸺⸺⸺⸺⸺ ☆ ☆ ☆
❷ 我知道「華」、「榮」的古今義。 ⸺⸺⸺⸺⸺ ☆ ☆ ☆
❸ 我明白「既」、「者」的意思和用法。 ⸺⸺⸺⸺ ☆ ☆ ☆
❹ 我初步認識文言指示代詞。 ⸺⸺⸺⸺⸺⸺⸺ ☆ ☆ ☆
❺ 我會多觀察身邊的自然景象。 ⸺⸺⸺⸺⸺⸺ ☆ ☆ ☆
❻ 我會運用聯想和比喻去描述事物。 ⸺⸺⸺⸺ ☆ ☆ ☆
❼ 我會多了解古人的生活情趣。 ⸺⸺⸺⸺⸺⸺ ☆ ☆ ☆
❽ 我會善用家居的學習環境。 ⸺⸺⸺⸺⸺⸺⸺ ☆ ☆ ☆

經過十三個任務後，趣趣博士、文文和言言有什麼感想呢？

感謝科學家叔叔給我這麼神奇的法寶，還有文文和言言的幫助，繼上次的十二個任務後，我們再接再厲，成功破解了十三個任務，我對中華文化的瑰寶——文言文有了更深的認識，對解讀文言文也培養出信心了！接下來我還有二十五個任務，希望我的好友能繼續陪我完成所有任務！

我平日愛幻想，想不到古代的人同樣擁有豐富奇異的想像，看過《白雪紛紛何所似》就會明白！我也愛品嘗各種美食，想不到古代也有同道中人——大文豪白居易、蘇軾都愛吃荔枝，白居易的《荔枝圖序》把荔枝寫得鮮美動人，令人垂涎三尺！

這次有機會參與破解古文任務的旅程，拓闊了我的視野，不但加深了對文言文的認識、學懂解讀文言文的方法，更明白到古代人的生活狀況和想法，以及很多深刻的處世道理。原來古代人對書房如此重視，書房也兼具琴棋書畫的功能，我回家也要把書桌收拾整齊，享受閱讀的情趣！當然，之後的任務我也要繼續參與啊！

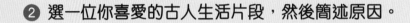

　　完成這十三個任務後，你對哪幾篇文言文的印象特別
深刻呢？試把感想記下來。

❶ 在本冊選出你喜愛的寓言，然後簡述原因。

❷ 選一位你喜愛的古人生活片段，然後簡述原因。

❸ 如果你是這本書十三篇文言文裏的一個角色，你會是誰？你
會做些什麼？有什麼想法？

❹ 試在這本書十三篇文言文裏面選出一句發人深省的格言，然
後設計成書籤或勉勵卡。

解讀文言七種法寶詳細用法

法寶	功用
★ 保留噴霧 （保留法）	凡古代和現代意義相同的字詞，或是古代的人名、地名、書名、官職、年號、度量衡單位等，都予以保留。
★ 擴詞器 （擴詞法）	古代以單音詞為主，把單音詞擴展為雙音詞，就會更易明白。
★ 替換槍 （替換法）	可用於理解一詞多義、通假字、古今義、詞類活用、修辭等。 • 選出適當的義項，幫助正確理解。 • 用本字替換通假字，例如用「返」代「反」。 • 替換古今詞義發生變化的詞，例如「嬰兒」古代指「小孩」，理解時按古義才能正確讀通。 • 古代有詞類活用的現象，要按上下文找出合適的詞類，才能正確理解。 • 古代常用借代等修辭手法，例如「黃髮、垂髫」指老人和小孩，閱讀時加以注意才能正確理解。 • 以今詞語替換古詞語，例如用「豬」代替古字「彘」。
音義魔箭 （音義法）	針對一字多音，選出適當的義項，幫助正確理解。
★ 增補黏土 （增補法）	文言文語言簡潔，常有省略（包括主語、謂語、賓語等），要找出省略的成分才能準確理解上下文。
刪減斧 （刪減法）	有些文言虛詞在句子中只擔起語法的作用，可以不譯，解讀時可以減去。
調整尺 （調整法）	古代有些句子語序和現代不同，包括「倒裝句」、「互文見義」等，理解時要加以調整。

★ 為本冊使用的法寶。

本冊各篇章文言重點

主題	篇名	作者／出處	保留噴霧 （保留法）	擴詞器 （擴詞法）	替換槍 （替換法）	增補黏土 （增補法）	文言知識
古代心理學	買櫝還珠	韓非子	●	●	●	●	• 一字多音： 　為 • 一詞多義： 　善
	三人成虎	《戰國策》	●	●	●	●	• 一詞多義： 　質 • 語氣詞：乎 • 一字多音： 　夫
	鄒忌諷齊王納諫 （節錄）	《戰國策》			●	●	• 詞類活用： 　服、美、私 • 一詞多義： 　孰
	望梅止渴	劉義慶 《世說新語》		●	●	●	• 一詞多義： 　失、乃
巧妙的寓言	鷸蚌相爭	《戰國策》		●	●	●	• 詞類活用： 　曝、死
	哀溺文序 （節錄）	柳宗元		●	●	●	• 一詞多義： 　甚 • 古今義：益
	折箭	魏收 《魏書》	●	●	●	●	• 文言時間詞 • 疑問語氣 　詞：否

主題	篇名	作者／出處	保留噴霧 （保留法）	擴詞器 （擴詞法）	替換槍 （替換法）	增補黏土 （增補法）	文言知識
智慧良言	論語四則	《論語》		●	●		• 反問句：不亦……乎？ • 一字多音：說
	熟讀精思	朱熹	●	●	●		• 文言時間詞：嘗、既 • 反問句：豈……乎？
古人的生活	白雪紛紛何所似	劉義慶《世說新語》		●	●		• 一詞多義：因
	陋室銘	劉禹錫	●	●	●		• 對偶 • 指示代詞
	荔枝圖序	白居易	●	●	●		• 古今義：華、榮 • 一詞多義：蓋
	浙江之潮	周密《武林舊事》		●	●		• 文言詞匯：既 • 文言虛詞：者

參考答案

任務總結一（第50-54頁）

內容理解力

《買櫝還珠》

1. C　　2. 匣子；珠寶　　3. D

《三人成虎》

1. D　　2. D　　3. B

《鄒忌諷齊王納諫》（節錄）

1. C　　2. B　　3. D

《望梅止渴》

1. B　　2. A　　3. C

文言解讀力

1. B　　2. B　　3. C　　4. C　　5. A

6. B　　7. B　　8. C　　9. B

《鷸蚌相爭》文言要識（第60頁）

「雨」原是名詞，這裏作動詞用，指下雨。「雨」在粵語裏讀預，普通話讀yù。

任務總結二（第77-80頁）

內容理解力

《鷸蚌相爭》

1. B　　2. D　　3. C

《哀溺文序》（節錄）

1. D　　2. A　　3. C

《折箭》

1. D　　2. B　　3. A

文言解讀力

1. B   2. B   3. B   4. B   5. C   6. C   7. A

任務總結三（第98-100頁）

內容理解力

《論語四則》

1. B   2. C   3. D

《熟讀精思》

1. D   2. C   3. C

文言解讀力

1. B   2. B   3. C   4. C   5. B   6. A

《陋室銘》文言要識（第114頁）

苔痕上階綠，草色入簾青。 ／ 談笑有鴻儒，往來無白丁。

／ 無絲竹之亂耳，無案牘之勞形。 ／ 南陽諸葛廬，西蜀子雲亭。

任務總結四（第132-136頁）

內容理解力

《白雪紛紛何所似》

1. C   2. C   3. B

《陋室銘》

1. A   2. D   3. C

《荔枝圖序》

1. C   2. D   3. B

《浙江之潮》

1. D   2. A   3. C

文言解讀力

1. B   2. B   3. C   4. C   5. A   6. B   7. B   8. A

小學文言文解讀策略 中階篇

作　　者：梁美玉
插　　圖：卡　拿
責任編輯：陳友娣
美術設計：劉麗萍
出　　版：新雅文化事業有限公司
　　　　　香港英皇道499號北角工業大廈18樓
　　　　　電話：（852）2138 7998
　　　　　傳真：（852）2597 4003
　　　　　網址：http://www.sunya.com.hk
　　　　　電郵：marketing@sunya.com.hk
發　　行：香港聯合書刊物流有限公司
　　　　　香港荃灣德士古道220-248號荃灣工業中心16樓
　　　　　電話：（852）2150 2100
　　　　　傳真：（852）2407 3062
　　　　　電郵：info@suplogistics.com.hk
印　　刷：中華商務彩色印刷有限公司
　　　　　香港新界大埔汀麗路36號
版　　次：二〇二一年七月初版
　　　　　二〇二二年六月第二次印刷

ISBN: 978-962-08-7820-6
© 2021 Sun Ya Publications (HK) Ltd.
18/F, North Point Industrial Building, 499 King's Road, Hong Kong
Published in Hong Kong, China
Printed in China